장르는 여름밤

장르는 여름밤

몬구 에세이

잔

작가의 말

누가 나에게 일기를 써야 한다고 했다. 시간은 소중하며 유한하기에 지금의 감정과 생각을 잘 가꾸고 기록해야 한다면서. 나는 일기 대신 음악을 만든다고 대답했다. 꾸준히 음악을 만들며 그 속에 감정과 생각을 담고 있으니까. 그렇다. 내게는 공기나 분위기, 바람 같은 것을 표현하려면 일기보다 음악이 더 적합할지도 모른다. 하지만 이렇게 글을 쓰고 한곳에 모은 이유가 있다. 나에게 영감을 주고 사랑을 허락한 여름밤의 숨결만큼은 글로 기억하며 여러 사람과 나누고 싶다.

지금, 여름의 우기를 지나고 있다. 어제는 카페를 나와 골목길에 들어서자마자 비릿한 비 냄새에 흠칫 놀랐다. 잠시 다른 길로 갈까 생각했지만 그대로 그 골목길을 걸었다. 밤이 되어 골목길 가득 푸른 어둠이 차분히 가라앉으면, 어쩌면 시간이 흘러 어느 날 문득 이 냄새가 그리워질지도 모르니까. 이 또한 여름의 일부분이겠지.

여름밤으로 향하는 길목은 황홀하다. 미치도록 뜨거웠던 붉은 풋사랑의 열병이 식으며 마음 깊숙한 곳에서 푸른 미소가 살며시 떠오르기 시작한다. 고요함이 온 공기를 에워싸고, 드문드문 도시의 소음이 즉흥연주처럼 끼어든다. 그렇게 여름밤으로 가는 길목은 짧다. 일몰의 시간은 그리 길지 않다. 그리고 곧 여름밤이 내린다. 짙고 파란 벨벳 원단이 온 세상을 부드럽게 덮고, 반짝이는 불빛이 하나둘씩 켜지며 도시를 밝힌다.

그럼에도 불구하고 좀처럼 식지 않는 에너지, 조금 들뜬 듯한 기분 좋은 습기, 정돈되지 않은 자유로움. 무언가로 가득 찬 포화 상태의 여름밤은 나의 오랜 음악적 영감이다. 건조하고 차가운 여름밤을 가진 나라에서 태어났어도 뮤지션이 될 수 있었을까? 어쩌면 겨울밤을 사랑한 뮤지션이 되었을지도 모르지만. 어쨌든 이곳에서 태어나고 자란 나는 여름밤이 좋다. 지금껏 보냈고, 앞으로도 보낼 모든 여름밤을 사랑한다. 언젠가 밴드 멤버들과 새벽까지 녹음한 노래를 한적한 양화대교에서 바람과 함께 듣던 그 여름밤은 얼마나 소중한가. 이 글을 쓰는 지금의 여름밤은 또 얼마나 소중하며, 여전히 노래하고 기타 치고 글을 쓰고 있을 먼 훗날의 여름밤은 또 얼마나 소중하겠는가.

앞으로 얼마만큼의 여름밤을 기록할 수 있을지는 모른다. 지금처럼 변함없이 여름밤을 좋아하리라는 보장도 없다. 그래, 알 수 없는 일이지. 나에게 왜 일기를 쓰라고 했는지 이해할 것 같아서 지금까지의 여름밤을 떠올리며 글을 쓰고 모았다. 나의, 우리의 여름밤이 언제까지나 기억될 수 있도록.

차례

음악과 사람 그리고 응원

내가 만든 음악을 듣는 사람은 누구일까? 종종 생각한다. 마음 같아서는 하루에 한 명씩 내 음악을 듣는 사람과 전화 인터뷰를 하고 싶다. 언제 처음 제 음악을 들었나요? 어떤 기분일 때 듣나요? 제 음악을 곁들이기 좋은 시간대가 있나요? 혼자 듣나요, 아니면 여럿이 함께 듣는 편인가요? 제 음악의 특징을 말해 줄 수 있나요? 가사는 어떤가요? 특별히 기억에 남는 곡이 있나요? 누군가에게 추천하고 싶다면 이유가 뭔가요? 어떤 사람에게 추천하고 싶은지도 궁금하다. 이것 말고도 묻고 싶은 게 너무 많다. 하지만 불가능하겠지.

내 음악을 듣는 사람은 적어도 악한 사람은 아니라고 믿는다. 그저 믿음이기에 논리나 증거는 없다. 다만 내 음악이 누군가를 더 행복하게 만들 수는 없을지라도 음악을 듣는 순간만큼은 불행하지 않기를 바란다. 불행한 사람은 악인이 되고 마니까. 적어도 내 음악을 듣는 사람은 악인이 되지 않기를 바란다고도 할 수 있을 것이다.

발매니 공개니 하는 말이 무색한 요즘이지만, 2019년 늦여름(실은 가을이지만) 프로젝트 카세트테이프 앨범 《춘천》을 발매했다. 그다음 해에 제작한 세 번째 솔로 앨범 《몬구 3》도 카세트테이프로 발매했다. 예전 같으면 한껏 들떴겠지만 애초에 많이 파는 것은 없는 옵션이기에 마음은 차분했다. 트렌드에 따라 디지털 앨범도 생각하지 않은 건 아니지만 두 가지 이유에서 실제로 만질 수 있는 피지컬 앨범을 냈다. 내가 만든 음악을 내 데크에서 청취자로 감상하고 싶었고, 스트리밍보다 피지컬 앨범이 여름 기운 가득한 내 노래에 좀 더 오랜 반짝임을 선사할 거라고 믿은 것이다.

앨범은 소량이지만 꾸준히 판매되었다. 그중에는 동료 뮤지션도 있고, 한꺼번에 세 장 이상 구매하는 사람도 있었다. 소장용이라기에 카세트는 너무 로우파이하고, 선물용이라기에 카세트라는 매체와 내 음악이 그렇게 대중적인 것도 아닌데. 그런데 앨범을 산 사람들은 카세트테이프를 재생할 플레이어가 있기는 한 걸까? 무척 궁금하지만 역시나 물어볼 수는 없겠지.

어쩌면 응원 같은 게 아닐까? 포장을 뜯지 않아도 플레이어가 없어도 그저 마음을 보내고 싶은 것인지도 모른다. 십수 년 전 처음 결성한 신스팝(synthpop, 신시사이저를 중심으로 한 전자음악) 밴드 몽구스의 음악이든, 그 음악에 추억이 있는 자신이든, 현재 내 음악이든, 아니면 단순히 아직 활동 중인 인디 뮤지션이든 그저 응원의 마음을 보내고 싶은지도 모른다. 내게는 이제 화려한 폭발은 없다. 꾸준함으로 내 음악을 증명하고 있다. 꾸준히 내 음악을 듣는 이들에게 고마운 마음이 더욱 깊어지는 이유다. 소중하기에 조심스럽고, 잃고 싶지 않다. 그 지속적인 시간이 내게는 음악만큼 소중하다. 언젠가 어쩌다 운이 좋아 히트곡을 낼 수 있을지도 모르지만, 지금 여기 나와 무수히 많은 선으로 연결된 시간은 운이나 돈으로 살 수 있는 것이 아니니까. 앞으로도 함께 나이 들고, 함께 나눈 반짝이는 순간을 기억할 수 있기를 바란다. 비록 그 사람이 누군지 모를지라도.

감성 불변의 법칙

감성 불변의 법칙이라고 해야겠지. 딱히 설명하기 어렵지만 그런 게 있다. 예를 들자면 20년 전 나를 설레게 만든 건 지금도 그렇다는 것이다. 조금 더 설레거나 덜 설렐 수는 있어도 그 감정은 변하지 않는다. 그리고 경험의 유무도 작용하겠지. 덜 설레더라도 적어도 아쉬움이 남지 않으려면. 나를 설레게 하는 건 어떤 것들이더라. 숲, 바다, 부엉이, 행운의 돌고래, 견고하고 오래된 물건, 단순하고 깔끔한 패턴의 옷, 향수를 자극하는 기타 그리고 달빛 스쿠터.

그래, 스쿠터가 있었지. 지금도 스쿠터를 보면 설렌다. 동네 편의점 앞을 지나다 세상에서 가장 아름다운 오렌지색을 뽐내는 둥그스름한 스쿠터를 자주 마주친다. 그때마다 오래전 타고 다니던 이탈리아산 낡은 스쿠터가 떠오른다. 안장에 가뿐히 올라앉아 헬멧을 쓰고, 오른쪽

다리를 살짝 뻗어 주머니에서 키를 꺼내 시동을 건다. 속으로 하나, 둘, 셋을 세어 엔진에 출발을 알리고는 살짝 살짝 오른쪽 핸들의 액셀을 당기며 부드럽게 출발한다. 그러고는 끝도 없이 남쪽으로 향한다. 남쪽에서 불어오는 바람이 내 두 뺨을 스칠 때, 그 달콤함으로 입에 침이 고인다. 남쪽 공기가 내 폐를 가득 채우면 하늘을 나는 자유를 느끼겠지. 지금도 어디론가 떠난다고 생각하면 남쪽밖에 생각나지 않는다. 내 나침반은 S극으로 고정인 셈이다.

10년도 더 된 일이다. 2주에 걸쳐 스쿠터로 전국 일주를 한 적이 있다. 출발 전에는 스쿠터로 전국 일주를 하는 일이 그렇게 힘든 줄 몰랐다. 몰랐으니까 출발했겠지. 주변에서 말리는 말도 들리지 않았다. 중간에 정 힘들면 용달차에 실어서 집으로 돌아오면 그만이었다. 나는 진한 초록빛 베스파를 탔고, 일행인 그녀는 혼다사의 하얀색 줌머를 탔다. 지금은 둘 다 단종되었다. 오토바이는 고속도로에 진입할 수 없을뿐더러 배기량 50cc 정도의 소형 스쿠터로는 엄두도 나지 않았다. 천천히 국도를 달리는 것도 낭만이니까, 생각하며 스쿠터를 타고 유럽을 일주한 경험담을 책과 블로그에서 열심히 찾아 읽으며 용기를 얻었다. 게다가 둘이니까 서로 의지가 되었다.

우리는 불길한 먹구름을 뒤로한 채 설렘과 두려움, 낭만을 안고 인천항으로 향했다. 인천항까지 가는 데만 두 시간 반이 걸렸다. 사실은 자전거나 좀 타는 정도라 벌써 지친 기색이 역력했다. 제주행 여객선의 어두컴컴한 화물칸에 스쿠터를 단단히 묶고 번호표를 받았다. 제주에 도착하면 그 번호표를 다시 반납한 뒤 자동차가 나갈 때 스쿠터를 직접 타고 배에서 내리는 시스템이었다. 옆에 세워 놓은 멋진 투어링 오토바이들을 보고 있자니 괜히 의기소침한 기분이 들었다. 내 스쿠터보다 세 배는 더 커 보였다.

인천항에서 제주까지는 생각보다 더 오래 걸렸다. 열세 시간 정도 걸렸다. 찜질방에 있을 법한 좁은 평상에 걸터앉아 여기서 잠드는 건 무리겠다, 생각했지만 우습게도 잘만 잤다. 제주에 도착하고 서둘러 화물칸으로 내려갔다. 나중에 실린 자동차부터 차례차례 배에서 내렸다. 자동차의 배기음과 출렁이는 파도 소리, 파도가 출렁일 때마다 배가 흔들리면서 나는 묵직하고 둔탁한 소리와 함께 승객들의 목소리 그리고 무엇보다 하선을 안내하는 선원들이 외치는 소리가 섞여 생기 가득한 소음이 넘쳐흘렀다. 재밌는 건 누구의 목소리든 굉장히 크지만 뭐라고 하는지 결코 알아듣기 힘들단 사실이었다. 바닥이 제법 미끄러워 조심조심 배를 내리자 새벽의 제주가 우리를 기다리고 있었다. 한여름에도 새벽의 바다 공기는 꽤 차가웠다. 제주에서 나흘을 보내고, 다시 똑같은 과정을 거쳐 부산항에 도착했다. 그 후 부산에서 경주로, 경주에서 청주로, 청주에서 서울로 하루에 한 도시씩 머물며 계속 도로를 달렸다.

분명 멋진 추억도 많았다. 하지만 2주 내내 우리를 따라다닌 먹구름과 빗방울이 멋진 추억보다 앞서 떠오르는 건 어쩔 수 없다. 한여름인데도 계속 비를 맞다 보니 너무 추웠다. 뼛속까지 다 젖었다는 표현이 맞겠다. 빗방울이 얼굴과 두 손을 마구 두드렸다. 계속 맞으니 아팠다. 특히 핸들을 쥔 손이 얼음처럼 차가워지면서 점점 감각도 사라져 갔다. 국도에 스쿠터를 세우고 슈퍼를 찾아가 주방용 빨간 고무장갑을 사서 끼고 운전하니 한결 좋았다. 폼은 나지 않았지만.

여행하며 느낀 걸 적으려고 뒷주머니에 작은 수첩을 넣고 출발했다. 수프얀 스티븐스(Sufjan Stevens, 미국의 인디 포크 싱어송라이터)는 일리노이 앨범, 미시간 앨범을 만들면서 미국 50개 주에 대한 앨범을 만들겠다고 했다. 물론 농담이었다. 하지만 나는 멋진 프로젝트라고 진지하게 생각했고, 전국 8도를 곡으로 만들면 재밌을 것 같았다. 그래서 작은 수첩을 챙긴 것이다. 하지만 여행이 생각처럼 될 리가 없지. 비에 젖어 추위에 떨며 빨간 고무장갑을 끼고 달리는 동안 8도의 특징을 느낄 틈이 전혀 없었다. 얼굴을 때리는 빗방울에 맞서 겨우 앞으로 나아가는 게 전부였다. 그래도 뭔가 가득 적었으면 좋았을 텐데. 그 정도의 의지는 없었던 거지. 우리네 인생도 비슷한 구석이 많다. 사는 게 바쁘다 보니 인생의 의미와 아름다움을 기록하는 건 어지간한 의지 없이는 불가능할 테니까.

한여름 2주간의 전국 일주가 남긴 것은 비에 젖었다

마르기를 반복하며 딱딱하게 굳어 버린 수첩과 단 두 문장을 남기고 그 수첩처럼 박제된 그해 여름의 기억이다.

휴대폰을 열어 나침반을 본다.
아, 남쪽이 이쪽이구나.

장르는 여름밤

여름을 좋아하는 사람은 대개 몽상가이고, 여름밤을 좋아하는 사람은 분명 몽상가다. 나는 여름밤에서 많은 영감을 얻어 소리를 만들고 글을 쓴다. 그 결과물인 음악을 어느 계절에 들어도 누구나 여름밤을 떠올리기 바라며. 내게 여름은 감성의 근원이고 여름밤은 열매인 셈이다. 그래서인지 여름밤에 쓴 곡도 많고 여름밤을 떠올리며 쓴 곡도 많다. 누군가 내게 어떤 장르의 음악을 만드냐고 묻는다면 여름밤으로 하고 싶다.

여름밤이 머금은 습기는 무엇이든 풍부하고 스며들어 번지게 만든다. 달궈진 공기를 타고 가로등 불빛이 멀리 번지듯이. 그만큼 모든 감정이 팽창하는 것 같다. 가끔씩 불어오는 시원한 바람이 폭발할 듯 팽창한 감정을 다른 형태로 뒤섞고, 다시 그 속에서 여러 형태로 결합하여 빛을 낸다. 꿈마저도.

컨디션도 여름이 가장 좋다. 여름이 주는 에너지를 몸도 아는 것이다. 그러하기에 더 느끼고 싶고 더 팽창하고 싶어 한다. 무엇보다 그 에너지를 온전히 담고 싶어 한다. 물론 너무 더울 때도 있지만 너무 추운 것보다는 버틸 만하다. 게다가 여름옷은 가벼워서 좋다.

소나기는 여름의 변주다. 갑자기 쏟아지는 비는 한순간에 여름의 표정을 바꿔 놓는다. 대기의 흐름이 바뀌면서 다른 방향으로 빛이 번지고, 각각의 빛줄기는 순식간에 색을 바꾼다. 초록색 이파리에 빗방울이 떨어져 하늘을 비추고, 아스팔트와 건물은 짙은 색으로 변한다. 냄새도 바꾼다. 땅을 뚫고 올라온 흙내음이 무릎을 타고 코끝에 다다르면 나도 모르게 웃음이 난다. 여름의 변주는 놀랍다. 그래서 삶도 여름에 가장 변수가 많은가 보다.

푸른 공상의 위로

자주 창문을 연다. 창문으로 들어오는 바람을 느끼며 가만히 서 있다. 바람을 따라 파도가 밀려오길 바라는 사람처럼. 그 순간 잠시나마 바다를 꿈꾼다. 이 오랜 습관은 환기를 자주 하게 만든다. 공기든 생각이든 멈춰 서면 답답하니까.

아주 어릴 적부터 공상을 좋아했다. 혼자 이런저런 가상의 친구를 만들어 끝도 없는 여행을 함께 떠났다. 비슷한 듯 다른 이야기의 반복이 매일 새롭고 즐거웠다. 자라면서는 조금 더 구체적으로 발전했다. 만약 그때 그곳에서 내가 이렇게 했다면 상황은 어떻게 변하고 어떤 결과가 생겼을까? 지금도 공상을 많이 하는데, 가장 중요한 점은 상황에 대한 공감과 감정 이입이다. 내가 주인공인 공상의 세계에서는 어떤 것이든 될 수 있고, 어떤 것이든 할 수 있다. 물론 좀처럼 일어날 수 없는 일이지만, 뭐 공상은 원래 그런 거니까. 하지만 신기하게도 가끔 그런 공상이 실제로 벌어지기도 한다. 아주 가끔이지만.

꽤 오래전 영화 《그랑블루(The Big Blue)》(1988)를 우연히 보고 나서 한동안 파란색 꿈을 꾸었다. 유독 기분이 좋은 날은 파란 공간에 미러볼 불빛이 물방울처럼 퍼지고, 해파리의 그루브가 느껴지는 꿈도 꾸었다. 아마도 돌고래의 무도회장이겠지. 돌고래하고 3/4박자 왈츠와 하와이언 뮤직에 맞춰 번갈아 가며 춤추는 상상을 해 본다. "파도처럼 내게로 와요. 스며들어 와요. 나의 여름으로. 난 물빛에 취해 꿈꾸는 새들처럼. 황홀한 빛 속으로 별들이 부서지고. 지구가 무너져도 지금 이대로." 멜로디를 따라 가사를 읊조리고, 다정한 리듬을 따라 천천히 흐르면서.

비가 내리는 날이면 온 도시가 젖는다. 가장 높은 빌딩 안테나도, 가장 낮은 바닥도, 공장 굴뚝과 숲도 모두 젖는다. 비는 모든 곳에 공평하게 내린다. 그래서 비가 좋다. 엊그제는 가던 길을 멈추고 한참 동안 서서 비 구경을 했다. 어쩌면 내가 맞는 저 구름 속에서 내리는 이 비를 돌고래도 맞고 있겠다는 생각이 들었다. 그러고 보니 구름이 돌고래를 닮은 것 같기도 했다. 어쩐지 서로 이어진 기분이 든다.

문득 진짜 돌고래를 만나고 싶다. 하지만 만날 수 없을지도 모른다. 어쨌거나 그들이 잘 살았으면 좋겠다. 돌고래가 사라진 지구에서 그들을 보고 싶은 것과 어딘가에서 잘 살아가는 그들을 보고 싶어 하는 건 완전히 다른 경우니까 말이다. 돌고래를 만나면 강아지와 친해질 때 하듯이 옆에 가만히 있을 것이다. 그리고 조심스럽게 눈인사를 할 것이다. 마침내 돌고래는 물방울을 건네며 내게 말할 것이다.

"형제여, 파도의 리듬을 타며 당신을 기다렸습니다. 당신을 환영하며 손 흔드는 산호초와 해파리의 그루브가 보이나요? 이 맑고 투명한 푸른 위로가 당신의 마음을 차분하게 가라앉힐 것입니다. 오랜 여행으로 많이 힘들었나요? 여기서 잠시 쉬어요."

그대로의 너와 나를 사랑할 수 있을까

"그대로의 너를 사랑하겠어."라는 고백은 그 무엇보다 근사하다. 담백한 진심이다. 좀 투박하지만 묵직한 다짐이다. 다짐 없는 고백은 없기에 그 다짐이 진심이라면 무엇인가 변할 것이다. 우리가 아는 흔한 고백은 무엇을 하거나 주겠다는 것이다. 그런 고백에는 자기 만족과 몇몇 조건이 전제된 경우가 많은 것 같다. 어느 정도 한계치를 정해 놓은 목표 지향적 사랑법이 아닐까? "너를 영원히 행복하게 해 주겠어." 같은 옛 드라마의 패기 넘치는 고백도 있다. 하지만 타인에게 행복을 준다는 건 신도 못하는 일이다. 게다가 영원이라니…….

최고의 고백은 "그대로의 너를 사랑하겠어."일까 싶지만 그것도 잘 모르겠다. 말이 쉽지 실천하기는 굉장히 어렵기 때문이다. 그런 사랑을 할 수 있는 사람은 매우 적다. 우선 그런 사랑을 하려면 자기 자신을 있는 그대로 사랑해야 한다. 자기 자신을 있는 그대로 사랑하지 않고서야 어떻게 타인을 그런 방식으로 사랑할 수 있겠는가. 자신의 결점과 지금 처한 상황을 온전히 인정할 수 있어야 한다. 그런데 우리는 자신을 속인다. 매 순간 자신의 부족함을 들키지 않기 위해 꾸미고, 모르면서 아는 것처럼 말하고, 때로는 착한 거짓말이라며 거짓을 말한다. 그런 우리가 어떻게 타인을 있는 그대로 사랑할 수 있을까?

오래전 어느 모임에서 나의 오늘 목표는 '아무도' 탓하지 않는 것이라고 말했다. 그중 가장 나이 많은 사람이 그 '아무도'에는 너 자신도 포함된 거냐고 조심스레 물어왔다. 그 순간 무척 놀라고 말았다. 그의 말이 맞았다. 다른 누구를 탓하지 않으려고 오히려 나를 탓한 순간이 얼마나 많았는가. 자신을 탓하지 않는 사람은 남을 탓하지 않는다. 더불어 자신을 사랑하지 않는 사람은 타인을 온전히 사랑하지 못한다.

종종 20대의 연애를 뒤돌아본다. 지금은 '그대로의 너를 사랑하겠어.'라는 문장으로 시작하는 글을 쓰고 있지만, 그때는 오히려 "그대로의 나를 사랑해 줘!"라며 어리광을 부렸다. 그 시절 연애한 이들에게 진심으로 존경을 전하고 싶다. 못난 나와 밝고 빛나는 시간을 함께 보내 주었으니 말이다. 있는 그대로의 나를 사랑해 달라는 건 순도 백 퍼센트의 이기심이다. 그때는 모든 에너지와 관심이 외부로 향했지만 결국 나밖에 몰랐다. 그때는 뭐가 뭔지도 모르고 마냥 연애를 했다. 부딪히고, 상처 주고, 울리고 울고, 미워하고 좋아하고. 그렇게 감정이 전부였다. 뭐 그런 시절 덕분에 내 마음은 수많은 파도의 빛깔을 가질 수 있었다. 그렇다면 그들은 무얼 얻었을까? 알 수 없고 물을 수 없는 일이다. 그러니 다시 한번 그 시절에 만난 모두에게 고맙고 미안한 마음을 전한다.

앞으로는 있는 그대로의 나를 사랑할 수 있을까? 그리고 있는 그대로의 너를 사랑할 수 있을까? 당장은 둘 다 모르겠다. 불가능한 건 아니겠지만 결단코 간단하지 않으며 쉽지도 않다. 난 이미 많은 것에 물들었다. 계산에도 밝고 남들에게 어떻게 보이는지도 중요하다. 그럴싸한 모습은 자랑하려 들고, 약하거나 부족한 점은 보이지 않는 어두운 구석에 숨겨 둔다. 소셜네트워크에 올리는 사진을 찍을 때처럼 말이다. 그런 걸 어느 정도는 사회화라고 할 수 있을까? 물들었다는 것은 습관이 되었다는 말이다. 태어났을 땐 그런 생각도 행동도 없었을 텐데 지금은 있다. 거짓말이 습관이 된 지금, 과연 나 자신을 있는 그대로 사랑할 수 있을까?

그래도 시도하고 싶다. 평생을 쭈구리 인생으로 속 좁게만 살고 싶지 않다. 현실적으로 시도해 볼 만한 두 가지 방법을 찾았다. '자책 줄이기'와 '남을 바꾸려는 말 하지 않기'다. 자책 줄이기는 자신을 사랑하는 방법이고, 남을 바꾸려는 말 하지 않기는 타인을 있는 그대로 받아들이는 연습이다. '남을 바꾸려 하지 않기' 대신 '남을 바꾸려는 말 하지 않기'라고 한 이유는 저절로 떠오르는 생각은 어쩔 수 없기 때문이다. 기본적으로 나 중심이라 남을 내 기준으로 바꾸려는 습관이 있다. 그래서 생각이 들더라도 생각이 들었구나 정도로 넘기고 말하지 않는 것이다. 말하지 않는 것은 그런 감정을 인식하고, 통제했다는 의미다. 실험하기에 유효한 방법 같다.

나는 꽤 자책하는 편이다. 양심에 상처가 난 날이면 오래도록 그 상처가 아프다. 아픈 양심은 잘 낫지 않는다. 특히 화낸 날은 잠이 안 온다. 남들 기준에서는 그게 화낸 거냐고 묻지만 난 그 일을 두고두고 생각한다. '화'는 내 마음대로 되지 않을 때 일어난다. 그 상황을 내가 제대로 컨트롤하거나 받아들이지 못했다는 얘기다. 화를 낸 상황에 수치심을 느끼는 것이다. 그리고 자책한다. 남을 바꾸고 싶은 마음도 자주 일어난다. 가장 가까운 가족에게 더 그렇다. 사실은 관계에 대한 확신이 점점 옅어진다. 표현하는 방식도 조심스러운 요즘이다.

삶에서 매우 의미 있게 다가오는 찰나의 순간이 있다. 우리가 유한한 존재이며 유약한 인간이라 할지라도 어느 한순간에는 잠시나마 영원을 느낄 수 있다고 믿는다. 무언가를 알고 깨닫는 번뜩이는 순간이 있다. 그런 한순간만이라도 그대로의 너와 나를 사랑할 수 있지 않을까? 그렇다. 그런 순간엔 그대로의 너와 나를 사랑할 수 있을지도 모른다.

불안과 성장

왜 그럴까? 불안하다. 어쩌면 눈뜨고 꾸는 악몽이 아닐까? 실재가 아니지만 교묘하게 마음에 스민다.

불안할 때면 정신이 아득해지고 간단한 일도 그르친다. 지금이 그렇다. 불안한 것 같다. 아니, 확실히 그렇다. 벌어지지도 않은 일을 생각하면서 온갖 걱정을 쏟아 낸다. 무언가를 잃어 간다는 느낌이 들 때, 적응하지 못한다고 느낄 때, 이곳과 내가 어울리지 않는다고 느낄 때, 목표든 계획이든 무언가를 따라가기 힘들 때, 해야 할 일을 놓칠 때 불안을 느끼니까. 나는 지금 불안하다.

사소한 일에도 긴장하는 편이라 늘 불안이 곁에 있다. 잠시 불안의 끈을 놓고 느긋하게 시간을 즐기고 싶지만 그런 적이 있었나 싶다. "이놈의 불안은 왜 달려드는 걸까?" 의자에 앉아 한쪽 다리를 떨며 친구에게 물었다. 불안의 이유를 찾는 순간에도 불안을 느낀다. 친구는 "누가 그러는데 잘하고 싶어서 불안한 거래."라고 대답했다. 잘하고 싶은 마음 때문에 긴장한다고? 그래서 불안한 거고? 당장은 이해할 수 없었다. 친구가 말을 이었다. "좀 더 잘하고 싶어서 고민하고, 고민하다 보니 걱정하고, 걱정하니까 불안이 생기는 거야. 반드시 잘해야지 하는 압박이 오히려 긴장을 만드는 거지. 못하면 안 되니까. 생각해 봐. 아무 생각도 하지 않으면 긴장 같은 것도 안 하잖아." 정말 그런가. 그런 애들이 있었다. 잘하고 싶어서 애쓰기보다는 그냥 하는 애들. 그런 애들은 어디에 갖다 놔도 중간은 한다. 친구가 다시 입을 열었다. "놀이터에서 뛰는 어린애들은 달릴 때 긴장하지 않아. 노는 거니까. 그런데 올림픽에 출전한 선수의 얼굴을 봐. 진지한 표정으로 심호흡을 하고 어깨를 풀잖아. 그게 긴장했다는 증거야. 그러니까 그 대단한 선수가 실수도 하는 거고." 정말 그렇다. 나도 공연 연습을 할 때는 괜찮은데 막상 무대에 오르면 긴장이 밀려온다.

결국 나의 불안은 뭔가를 잘하고 싶은 마음 때문이려

나. 그렇다면 딱히 나쁜 감정은 아닐지도 모른다. 일을 그르칠 정도로 지나치지만 않다면.

친구를 보내고 집으로 돌아오며 팽팽한 고무줄을 떠올렸다. 불안은 고무줄 같은 게 아닐까? 팽팽한 고무줄은 탄성이 더 강하고 그만큼의 에너지가 필요하다. 그 고무줄 끝에 무언가를 걸고 손을 놓으면 고무줄을 당긴 만큼 멀리 빠르게 날아갈 것이다. 불안도 고무줄 같은 게 틀림없다. 탄성을 얻으려면 반드시 에너지가 필요하듯 불안하면 허기지는 걸 보니. 나는 지금 불안하고, 더 멀리 빠르게 날아가려면 아무래도 저녁은 든든하게 먹는 게 좋겠다.

딱 그 정도의 여백

텅 빈 강의실 창밖으로 보던 근사한 오후의 구름이 떠오른다. 창가에 앉아 흐르는 구름이나 흔들리는 나뭇가지를 바라보며, 90년대 미국 인디 밴드 음악을 듣고 또 듣곤 했지. 일찍 점심을 먹고 아무도 없는 강의실에 앉아 있으면 왠지 초연한 기분이 들곤 했다. 곧 학생들로 가득 찰, 그 텅 빈 공간을 홀로 대면하는 기분이었다. 동시에 눈이 펑펑 오는 날 아무도 밟지 않은 눈길을 혼자 걷는 느낌과 낯선 골목을 혼자 여행하는 기분도 들었다. 그때나 지금이나 그런 적당한 외로움이 여유를 주는 것 같다. 딱 그 정도의 여백이 지금 내게 필요하다.

로우파이 달천동

줄곧 음악을 해 오면서 다양한 작업실을 거쳤다. 그 시작은 충주시 달천동의 작은 시골 교회에 딸린 골방이었다. 당시 부모님이 충주에 계셔서 주말이나 방학 때면 그곳에 내려가 작업했다. 교회 주변에 농가와 밭, 논뿐이라 작업실 작은 창밖으로 여름이면 온통 초록빛 세상이, 겨울에는 하얀 눈으로 뒤덮인 세상이 보였다. 보이는 것이 없으니 오직 작업에만 집중할 수 있었다. 충주에는 마땅히 친구도 없어서 동생이랑 밤낮으로 작업에 열중했다. 여름이면 더위에 옷이 흠뻑 젖었지만 그 나름대로 좋았고, 겨울이면 추위에 웅크린 채 헤드폰을 쓰고 집중하는 시간이 좋았다. 뭔가에 집중하면 주변 환경에 별 불만이 없어지는 법이다.

그곳에서 2004년에 나온 몽구스의 첫 앨범 《Early Hits of the Mongoose》를 만들었다. 작업할 때는 딱히 음반으로 발매하겠다는 생각이 없었다. 그냥 이것저것 실험하며 어떤 결과물이 만들어질지 궁금해할 뿐이었다. 그 시간이 내 삶 전체를 바꾸어 놓은 셈이고, 당연히 그 작업실은 소중한 기억이 되었다. 첫 앨범이 나오고 4년 후 그곳을 떠났는데, 정확히 10년이 지난 어느 날 우연히 다시 갈 일이 생겼다. 기억 속에서는 낭만과 열정이 가득한 곳이건만 막상 도착하니 차마 안에 들어가 볼 엄두가 나지 않았다. 그대로 기억 속에 묻어 두는 편이 좋았을 텐데. 변한 건 별로 없는데 왠지 묘한 감정이 몰려왔다. 결국 10년 만에 찾아갔다가 5분도 머물지 못하고 차를 돌렸다.

첫 앨범에 수록된 곡 중에 〈Cooley Valley Bully Chi-Chi〉라고, '치치'에 대한 노래가 있다. 마당에서 기르던 시골 개 치치는 다소 자유로운 영혼을 가지고 있었다. 언젠가 자전거를 타고 치치와 함께 밤까지 온기가 남은 아스팔트를 질주한 적이 있다. 나는 자전거를 탄 미국 원주민 같고, 치치는 길들여진 늑대 같았다. 검은 아스팔트는 별의 비단길처럼 아늑했고, 치치의 활기찬 숨소리에는 특유의 리듬이 있었다. 집으로 돌아와 마당 수돗가에서 두 손 가득 물을 받아 치치에게 주었다. 치치의 혀는 거칠게 내 손을 간지럽혔다. 그날은 정말이지 기분 좋게 잠자리에 들 수 있었다.

다음 날 어젯밤의 뜨거운 질주와 기백 넘치는 치치를 노래로 만들자고 결심했다. 교회에 있는 오래된 야마하사의 검은색 오르간 건반과 전혀 관리가 안 된 드럼에서 나오는 찢어질 듯한 소리는 야생의 포효 같았다. 보컬은 이펙터(기타 소리에 여러 가지 효과를 주기 위해 사용하는 음향 기기)를 걸어서 마구 왜곡시켰다. 베이스기타나 기타 없이 오로지 오르간, 드럼, 보컬로만 이루어진 곡은 미니멀하면서도 펑키한 매력이 느껴졌다.

당시 우리는 악보를 만들지 않았다. 구성조차 약속하지 않고 녹음했다. 눈빛만으로 다 통했으니까. 가끔씩 그 눈빛이 잘못 전달되어 연주가 어긋나기도 했지만, 그래도 상관없었다. 나름의 즉흥적인 편곡이라고 생각했으니까. 실수도 우리 음악의 일부이자 무의식에서 구현된 상상력의 결과물이었다. 어쩌면 그런 뒤틀림이나 오류가 우리 창작의 원천일지도 모른다. 하지만 해를 거듭할

수록 실수와 오류는 차츰 줄어들었다. 분명 실력이 나아진 덕분이다. 이상한 점은 펑키한 매력이 줄어들었다는 것이다. 하나를 얻으면 하나를 잃는다. 노래를 얻고 훗날 치치를 잃었듯 음악에도 삶에도 그 원리는 예외가 없나 보다.

그렇게 완성된 앨범이 마침내 세상에 등장했다. 어떤 센세이션을 일으킬까? 두근거렸다. 하지만 세상은 조용했다. 홍대나 인디 신에서도 별 언급이 없었다. 예상 외로 《신해철의 고스트스테이션》(록 밴드 넥스트N.EX.T의 리드 보컬 신해철이 진행한 라디오 프로그램)에서 자주 소개하며 방송국에도 가고 지방 공연도 했다. 지금은 하늘나라에 있는 해철이 형은 형제가 밴드를 한다는 점, 스튜디오가 아닌 교회에서 컴퓨터가 아닌 테이프 머신(카세트테이프를 사용한 아날로그 방식의 녹음기)을 사용했다는 점, 도시가 아닌 시골에서 음악을 만들었다는 점, 한글이 아닌 영어로 노래를 만들었다는 점 등이 신기하다고 했다. 그렇게 완성된 로우파이한 소리 또한 따뜻하며 신기하다고도 했다. 동생은 아직 어리바리하지만 에너제틱한 고등학생이었고, 나는 이제 막 세계관을 형성해 가는 대학 2학년이었다.

여기에 멤버 희정이 형의 뭔가 세련된 캐릭터가 재미를 더한 시기였는데, 데뷔가 빠르긴 빨랐다. 여하튼 해철이 형의 눈에는 그런 우리가 이상하고 신기한 아이들로 보였겠지. 문득 아직 우리 곁에서 나이 든 해철이 형이 보고 싶다.

지금은 애플의 맥북을 쓴다. 이 노트북 하나면 모든 걸 만들 수 있다. 터치 바가 달린 노트북을 두드리며 달천동 로우파이 작업실을 떠올리니 이상한 기분이 든다. 그 오류 가득한 잿빛 테이프 머신은 아직도 내 방에 있다. 90년대 만들어진 투박한 디자인이며 나름 작동도 잘된다. 오래전에 녹음한 데모 테이프들도 있다. 매직펜으로 적은 제목과 메모도 그대로 있다. 모두 지금은 구할 수 없는 것들이다. 하지만 더 이상 그 기계로 작업하진 않는다. 귀찮아서다. 아날로그 리코더(recorder)는 너무 귀찮다. 가장 귀찮은 건 복사해서 붙여넣기가 안 된다는 점이다. 3분짜리 트랙을 녹음하려면 정말 3분을 모두 연주해야 한다. 3분 동안 쉬지 않고 연주해야 하는 곡의 경우, 2분 50초에서 틀리면 정지 버튼을 누르고 되감기 버튼을 눌러 맨 처음부터 다시 녹음해야 하는 것이다. 부분 편집이 불가능하다. 게다가 모든 걸 귀로 판단해야 하는 테이프 리코더는 무엇 하나를 만들려고 해도 시간이 꽤 오래 걸린다. 반면 컴퓨터 음악 프로그램은 트랙마다 파형을 보여 준다. 볼륨을 눈으로 확인하며 조절할 수 있고, 심지어 바로 효과도 줄 수 있다. 결국 편리함과 효율은 얻었지만 음악에 대한 맹목적인 호기심과 환상을 잃어버렸을지도 모른다.

소울메이트

가끔 내가 만든 노래를 찾아 듣는다. 지난 일기를 펼치는 마음과 비슷하다. 이런 모습이었구나. 이렇게 살아왔구나.

오랜만에 〈소울메이트〉를 다시 들었다. 몇 명이 떠올랐다. 그중 가장 먼저 떠오른 사람은 스무 살 무렵 처음으로 사랑한다는 말을 해 본 그녀다. 시간순으로 떠오르나 보다. 그땐 '소울메이트'라는 단어를 쓰지 않았고 굳이 연인과 소울메이트를 구분할 필요도 없지만, 만약 둘 중 하나를 고르라면 나와 그녀는 소울메이트에 가까웠다. 그녀를 만나고 더 이상 내 삶이 외롭지 않을 것 같다는 희망에 굉장한 위안을 얻었다. 내 아주 작은 우주는 현실과 동떨어졌다고 생각했는데. 나와 꼭 닮은 우주가 있다는 사실에 매우 놀랐고, 우리의 우주가 서로를 끌어당긴다는 믿음이 삶의 큰 축복으로 다가왔다. 모든 게 흥미로웠다.

'소울메이트'라는 말을 육성으로 처음 들은 건 비교적 최근이다. 묘한 기분이 들었다. 으레 소울메이트 하면 또래이거나 이성이어야 한다고 생각했다. 하지만 내게 "우린 소울메이트죠." 하고 말한 사람은 여든 살 예수회 신부님이었다. 신부님과는 지금도 계절에 한 번 정도 만난다. 그는 한국의 다채로운 자연이 가진 표정을 좋아한다. 수영도 좋아한다. 만나면 먼저 악수를 하고 점심을 먹는다. 신부님은 식사량이 아주 적은데 디저트로 사과 반쪽을 드신다. 식사를 마치면 산책을 하고 차를 마시고 구름이 흐르거나 바람에 풀이 흔들리는 걸 바라보며, 소소하게 변하는 자연과 일상을 얘기한다. 신앙 얘기는 좀처럼 하지 않는다.

신부님은 미국인이지만 한국에서 50년 가까이 산 터라 한국어를 잘한다. 하지만 모국어가 아니기에 구사하는 문장이 단순하다. 덕분에 대화가 쉽고 단순하다. 편하다. 설명하기 어려운 느낌인데, 왠지 무척 쉬운 영어로 한국말을 하는 것 같다. 쉽다는 건 편하다는 것이고, 편하다는 것은 다정하다는 게 아닐까?

신부님은 만날 때마다 요즘 무엇에 관한 곡을 쓰는지 끈질기게 물어본다. 그 물음에 답하려고 계절마다 새 곡을 만들어야 할 지경이다. 가장 최근에 만났을 때는 "바다에 대해, 정확히는 파도가 파도를 부르는 것에 대해 쓰고 있어요."라고 대답했다.

신부님과 한강을 산책하다 마침 합정동의 절두산 순교 성지 옆을 지나는 참이었다. 그는 성호를 긋고 안으로 들어갔다. 나도 그를 따라 해 보았다. 성지를 둘러본 뒤 한국에 언제쯤 왔는지 물었다. 그는 1978년 한국에 왔고 서강대학교에서 영어를 가르쳤는데, 몇 해 지나지 않아 군부 독재 정권의 민주화 운동 탄압으로 휴강이 되었다고 했다. 나는 당시의 위태로운 사회 분위기가 무섭지 않았냐고 물었다. 신부님은 대답 대신 휴강 직후 부산 달맞이고개에 간 얘기를 들려주었다. 지친 마음을 고요한 바다에 달래고 싶었을까? 그도 나처럼 바다를 좋아한다고 말한 적이 있었지. 신학대학 시절 수업이 끝나면 낡은 폭스바겐 비틀에 몸을 싣고 해변으로 가서 수영도 하고 책도 읽었다고 했다. 나 역시 바다 수영을 좋아하기에 여름과 바다 이야기를 했다.

신부님이 부산 달맞이고개에서 바라본 남해 바다는 그날따라 파도가 거세고 사나웠다. 가만히 보고 있자니 분명 저 깊은 곳에 한 맺힌 이야기나 어쩌면 시체도 가라앉았겠다는 생각이 들었다. 그러다 문득 바다를 사랑한다는 것은 멋진 풍경뿐 아니라 그 속까지 사랑하는 거라는 데 생각이 미쳤다고 했다. 나는 양면성을 모두 사랑해야 한다는 말로 받아들였다. 신부님은 "물론 그렇게 사는 건 쉽지 않다. 하지만 예수님은 그렇게 사셨다. 너무 걱정하지 마라. 그분이 그렇게 사랑하게 해 주신다." 라고 말을 맺었다. 그 묘한 말에 그만 울컥했다. 내 작은 세상에서는 처음 느끼는 감동이었다. 나는 한 면만 사랑하는 데 익숙했다. 아니, 한 면만이라도 사랑하려고 집착했다.

어느 겨울, 공연에서 앙코르곡으로 〈소울메이트〉를 부르며 말했다. "소울메이트 하면 영혼의 동반자 같은 굉장한 의미만 생각했어요. 하지만 지금은 달라요. 넓은

이 도시, 어쩌면 여기 이 작은 공간에 모인 우리 모두가 소울메이트 아닐까요? 같은 시간에 같은 공기, 같은 취향을 함께 공유하는 사이니까요. 소울, 그러니까 영혼이라는 건 이런 공기, 이런 분위기인 것 같아요."

삶이 외롭다고 느껴질 때가 있다. 그건 아마도 멀리서 커다란 땔감을 찾기 때문이겠지. 가까운 곳에서 작은 땔감을 찾아 불을 피운다면 사람들이 저마다 나뭇가지를 들고 하나둘씩 모이지 않을까? 그리고 다 함께 노래할 테지.

밤하늘 별들에게도 단짝 친구가 있는 걸
바라보기만 해도 하하하 말이 통하네
세상이 모두 변해도 우린 잘 알고 있잖아
험한 세상에 홀로 남겨진 작은 별
힘들어 누군가를 찾고 싶을 때
초조해져 입술이 바싹 마를 때
나는 네 편이잖아
모두 다 내게 말해 봐
나는 너의 소울메이트

은하서울

어떻게 잊을 수 있을까? 투명한 유리창으로 들어오는 오후의 햇살과 잔향 가득한 기타 소리에 스며드는 작은 웃음소리. 《은하서울》을 생각하면 투명한 유리컵이 떠오른다. 《은하서울》은 7년 전 문래동 '재미공작소'에서 열린 전시회의 피날레 공연이자 내 음악을 좋아해 주는 친구들과 함께 만든 열 번째 기획 공연이었다. 노래는 오롯이 혼자 하지만 공연을 함께 준비해서 그런지 매번 따뜻한 마음이 느껴졌다. 그들은 지금도 따로 또 같이 만난다. 사소하고 얇은 인연이 세월을 겪으며 단단해지고, 시간만이 줄 수 있는 믿음이 생겼다. 나의 잦은 실수로 오해가 생기기도 했지만 그런 이유 때문에 다툼으로 번지는 일은 없었다. 어쩌면 욕심 없는 사람들이라 가능했던 것 같다. 그래서 서로에게 바라는 것도 없고 관계 유지를 위해 애쓰느라 지치는 일도 없었겠지.

얼마 전 상수역 부근을 걷는데《은하서울》을 공연한 곳이 궁금했다. 하지만 없어지고 다른 가게가 들어온 터였다. 그렇게 추억은 공간을 잃었지만 지금도 근처를 지날 때면 지난 시간들이 떠오른다.

'은하서울'이란 타이틀을 정한 날이 생각난다. 연남동 근처 작은 식당이었다. 나는 미리 생각해 둔 타이틀을 되뇌고 있었다. 모두 나와 비슷한 얼굴인 걸 보니 저마다 마음에 드는 타이틀 하나씩은 가져온 모양이었다. 우리는 여러 가지 단어 꾸러미를 테이블에 쏟아 내며 하나씩 노트에 적었다. 그렇게 모인 단어들을 이리저리 나열하고 배열하며 말장난을 하다, 어느 순간 '은하'와 '서울'이란 단어가 합쳐졌을 때 우리 모두 "이거다!"라고 외쳤다. 나만 외쳤던가? 아무튼 마음속으로라도 그렇게 외쳤겠지.

그때라서 할 수 있는 일이 있다. 어쩌면 소중한 것 대부분이 그렇지 않을까? 내게는《은하서울》이 그렇다. 딱 그 시절에 그 친구들과 함께였기에 할 수 있었다. 그 후 누구는 미국에 가고, 누구는 취직하고, 누구는 멀리 이사

갔다. 그러니 지금 다시 하자고 하면 어색한 상황이 될 것이다. 혹시 모르는 일이지만. 일단 혼자서《은하서울》을 기념하기로 했다. 다음 여름이 오기 전까지 '은하서울'이라는 제목을 가진 멋진 곡을 완성하리라 다짐했다. 반짝이는 기타 소리와 맑은 웃음, 투명한 햇살이 가득하겠지. 오후의 햇살 위에서 부유하다 반짝이는 먼지 같은 노래를 만들 것이다. 나의 소중한《은하서울》을 위해서.

그건 그때 가서 알 것 같다

"꿈을 크게 가져라!"

"무엇이든 될 수 있다!"

나를 포함한 밀레니엄 세대의 어린이들에게 절대 진리로 박힌 말들이다. 어른들은 지구가 둥글다는 말처럼 시도 때도 없이 내뱉곤 했다. 하지만 생각지도 못했을 것이다. 그 사소한 말버릇이 당시 어른들의 나이가 된 지금 우리에게 적잖은 불행을 선사한다는 사실을.

우리는 꿈을 크게 가지면 뭐든 할 수 있다고 배웠기에 끊임없이 노력한다. 하지만 우리가 얻을 수 있는 건 한 세대 전 어른들이 얻은 것보다 이상하리만큼 적다. 이미 그들이 큰 꿈을 갖고 전부 가져갔기 때문일까? 그들이 이룬 것을 물려받지 않는 이상 우리의 몫은 백일몽에 불과할지도 모른다. 꿈을 크게 가지면 무엇이든 된다는 전제부터 이상하다. 그때는 왜 몰랐을까? 우리 모두 대통

령이 될 수는 없다는 것을.

비교적 요즘 어른이 된 이들은 "지금 이대로도 괜찮아."라는 말을 많이 하는 것 같다. 그런데 정말 괜찮은 걸까? 훗날 이 말을 듣고 자란 아이들은 지금 이대로도 괜찮다고 말한 이들의 말버릇 때문에 자신이 불행해졌다고 말할지도 모른다. 어린 시절을 돌아보면 분명 자신은 괜찮지 않았는데 주변 어른들은 왜 가엾은 눈빛으로 그저 괜찮다고 말한 걸까? 무책임한 위로는 말하는 사람의 마음만 편하게 해 줄 뿐인데.

'어른의 말이라는 게 그런 식이구나.'라고 처음 느낀 건 열 살 즈음인 것 같다. 자기네 어른들은 마음대로 하면서 어린 우리에게는 이거 해라, 저거 해라, 책임져라, 정직해라, 성실해라, 최선을 다해라, 말한다. 아무리 생각해 봐도 스스로 지키지 못할 일을 어린 우리에게 강요했다. 그래서인지도 모른다. 차라리 삐뚤어지고 싶었다. 그래도 삐뚤어지지 않았다. 그 대신 어른이 되면, 가능하다면 책임지지 못할 말은 하지 않겠다고 다짐했다. 쉽지는 않다.

연장자의 조언이나 잔소리가 도움이 될 때도 있다. 그중 가장 기억에 남는 조언은 "나이 들어 웃기려고 하지 마세요."이다. MBC 라디오에 게스트로 출연할 때, 소속 레이블 대표가 방송 시작 전에 대기실에서 해 준 말이다. 돌이켜 보면 정말 큰 도움이 되었지만, 명약은 쓰다고 했던가, 그 말을 듣는 순간 뜨끔했다. 두 가지 이유였다. 첫 번째는 '아니, 내 나이가 어때서?'이고, 두 번째는 '아니, 그럼 내가 지금껏 웃기려고 했나?'이다. 괜히 찜찜하고 섭섭했다. 솔직히 나는 대인배가 아니라서 더 강한 방어기제가 발동하려고 했다. 하지만 그런 마음은 이내 접어 두어야 했다. 짧은 라이브 공연을 해야 해서 이미 충분히 긴장한 터라 일부러 화를 키울 필요는 없었다. 방송 중에 그 말을 떠올린 것은 아니었다. 하지만 무의식에 새겨 둔 건지 최대한 말수를 줄이고 대화의 흐름을 잘 읽으려고 했다. 그렇게 방송은 별 무리 없이 흘러갔다. 웃기려는 마음을 아예 접었더니 사소한 말실수나 그로 인해 벌어졌을지 모를 어색함 없이 잘 마무리할 수 있었다.

나중에 그 방송을 들은 KBS1 라디오 작가에게 연락이 왔다. 음악도 말도 차분하게 잘하는 것 같다며 고정 게

스트 요청이 들어왔다. 대표의 조언은 특효약이었다. 그 전 라디오 출연에서는 웃기려고 과장해서 말하는 바람에 다소 어색해지기도 했다. 게다가 한번 그런 모습을 보였다는 게 마음에 걸리자 방송 내내 신경이 쓰였다. 집중력이 흩어지면서 흐름을 놓치기 십상이었다. 악기 연주도 마찬가지다. 어떤 포인트를 주려고 연주하다 보면 그 포인트에 모든 신경을 쏟아 곡의 전체 흐름을 잃는 경우도 생기는 것이다. 베테랑 연주자는 힘을 빼고 흐름을 읽으면서 자연스럽게 연주한다.

20대에는 바라는 것이 적었기 때문일까? 그땐 원하는 대로 되는 게 제법 많았다. 하지만 점점 마음대로 되지 않는 일이 많아진다. 원하는 게 많아지기 때문일까? 아니면 원하는 대로 되는 마법의 힘이 사라지는 걸까? 아니면 어른들이 건 최면에서 깨어나 불행을 마주하게 된 걸까? 더 슬픈 건 왠지 언젠가는 모두 사라질 듯한 예감이 든다는 것이다.

알면 알수록 살면 살수록 어렵다. 인생, 정말 어렵다.

정답이 없으니까 더 어렵다. 뭘 해야 하는지 모르니까 어렵다. 너무 어렵다. 어디서부터 잘못된 건지 모르겠다. 아무튼 어렵다. 정말 모르겠고 어렵다. 내 마음은 이제 조금 알 것 같은데. 어쩌면 다들 나처럼 간당간당하게 사는 것 아닐까? 애써 버티면서 어떻게든 지금 살아내는 삶의 끈을 놓지 않으려고 발버둥 치는 게 아닐까?

큰 꿈을 이룰 인생의 무게는 짐짓 어깨에 짊어지고 버텨야 하는 줄 알았다. 그보다는 온 힘을 다해서 지금 살아내는 삶의 끈을 꽉 잡아야 하는 것 같다. 그 무게만 해도 상당하기 때문이다. 그런데 어른들이 말하던 인생의 무게란 정확히 무엇일까? 조금 알 것도 같다. 아니, 알아야 하는데 지금은 알 것만 같다 정도로 해 두고 싶은 걸지도 모른다. 모르는 게 많다. 나중에는 알게 될까? 그건 그때 가서 알 것 같다.

진심은 통할까

‘진심은 통한다.’라는 말은 특정 상황에서만 가능한 것 같다. 일상에서 툭 던지듯 건네는 말의 의미를 바로 알아챌 사람은 거의 없다. 오히려 단번에 알아주기를 바라는 게 무책임한 것 아닐까? 생각해 보면 아버지나 할아버지 세대의 무뚝뚝한 남자들이 그랬던 것 같다. 하지만 지금은 자기 마음을 몰라준다며 꽁하거나 씁쓸한 얼굴을 하고 공원에 외로이 앉아 있겠지. 나는 어떤 모습을 하고 있을까? 그때가 되면.

열린 질문

'닫힌 질문'이라는 적확한 용어를 찾는 데 오래 걸렸다. 상대방은 호의와 관심일 테지만 막상 대답하려면 가슴이 답답해지는 경우가 있다. "겨울에는 음악 활동이 많지 않아 힘들죠?" 계절 특성상 겨울에는 행사나 공연이 적다는 걸 알기에 어느 정도는 내 대답을 알고 묻는 것이다. "네."라고 대답하려니 벌써부터 답답하다. 상대방이 만들어 놓은 틀에 스스로 걸어 들어가 갇히는 기분이다. 사소한 일도 오래 고민하고 결정하는 성격이라 닫힌 질문에는 유독 답답해진다. 하긴 상대방이 만든 틀에 갇히는 걸 좋아하는 사람은 없겠지. 그렇다고 딱히 다른 대답도 없다. "아니요."라고 대답하면 이상하게 변명처럼 들릴 테니까. 변명하는 자기 자신을 좋아할 사람은 없겠지. 그저 대화의 종료 버튼을 누르고 싶을 뿐이다. 그런 질문에는 어떻게 대답해도 마음이 썩 좋지 않다. 차라리 '겨울'이나 '음악 활동'으로 질문해야 한다면 "겨울의 음악 활동은 어떤가요?"라고 포괄적으로 묻는 게 좋겠다. 그럼 하고 싶은 대답을 할 수 있으니 말이다.

한편으로 다행이다. 대화가 답답한 이유는 '닫힌 질문'이라는 걸 발견했으니까. 닫힌 질문을 받으면 그 너머의 진심을 이해하려고 애쓰기 시작했다. '아, 이건 닫힌 질문이구나. 그래서 내가 기분이 좀 이상하구나.' 알아채고, '왜 이런 질문을 한 걸까? 혹시 같은 경험을 한 걸까?' 하며 상대방의 진심에 다가가려 하는 것이다. 그 과정에서 어쩔 수 없이 발생하는 불쾌함은 부수적이다. 게다가 그 이유를 알았으니 조금씩 컨트롤할 수 있다. 안 좋은 기분으로 대화의 내용을 놓쳐 봤자 나만 손해일 테고. 또한 이유도 모른 채 기분이 엉망이면 잠들 때까지 찜찜하지만 이유를 알고 나면 그리 찜찜하지도 않다. 그마저도 잠들 때쯤에는 거의 다 녹아서 희석된다.

반대로 내가 누군가에게 닫힌 질문을 한 적은 없나 생각해 본다. 있다. 나도 마찬가지다. 내가 상대방보다 잘 아는 주제로 대화를 나눌 때 그 뉘앙스를 확실히 주고 싶으면 그런 질문을 했다. 잘 알지만 묻는다는 고약한 심성이다. 더 잘 안다는 말을 들으며 인정받고 싶었겠지. 부산에서 밀면을 맛있게 먹은 적이 있는데, 언젠가 부산에서 온 친구에게 "부산은 밀면이 맛있지. 진구에 있는 밀면집은 가 봤어?"라고 물었다. 나는 부산에 가 봤고, 밀면도 먹었고, 진구도 알고 있으니 너와 더 친근하게 얘기하고 싶다는 마음이었다. 하지만 결과적으로 닫힌 질문이었다. 하물며 그는 밀면을 좋아하지도 않았다. 차라리 "부산에서 자주 가는 식당은 어디야?"라고 물었다면 더 많은 얘기를 이어 갈 수 있었을 텐데.

어쩌면 대답보다 질문이 중요한지도 모른다. 질문은 생각을 확장시킨다. 생각을 자극하고, 스스로 답을 찾도록 촉구한다. 그 과정에서 서로 성장하는 것이다. 또한 좋은 질문은 상대방을 존중한다는 강력한 표시다. "당신의 이야기를 듣고 싶어요."라고 말하는 것이다. 경우에 따라서 하나의 기술이 되기도 하겠지. 자기 의견에 귀 기울이려는 사람에게 마음을 열지 않을 사람은 없을 테니까.

잎사귀가 자라지 않아도

장국영이 나오는 영화를 즐겨 보는데, 홍콩은 뭔가 특별하다. 내게는 이국적인 풍경이 뒤엉킨 온갖 이야기가 가득한 곳이다. 하지만 아직 홍콩에 가 보지 않았다. 대신 홍콩야자를 키운다. 화원에 갔다가 우연히 홍콩야자를 봤다. 홍콩에 열대 느낌을 가득 담은 야자라니. 결코 지나칠 수 없었다. 그때 처음으로 홍콩야자를 들였고, 두 달도 되지 않아 헤어졌다. 물을 너무 많이 줬나. 햇빛은 충분했는데. 이파리를 하나둘씩 떨구더니 결국 야자의 모습을 유지한 채 그대로 말라 버렸다. 그렇게 첫 홍콩야자와 이별을 고했다.

지금 나에게 온 두 번째 홍콩야자하곤 봄부터 겨울까지 사계절을 함께 보냈다. 식물을 키우는 친구가 봄은 정말 신비한 계절이라고 했다. 그냥 땅에 막대기만 심어 놔도 큰 나무로 자랄지 모른다면서. 정말 그럴 수 있을까?

봄은 확실히 수줍은 싱그러움이 있다. 그래서인가, 봄에 들인 홍콩야자에게서 홍조를 본 것 같기도 하다.

봄의 식물은 보면 볼수록 신기하고 아름답다. 겨우내 잿빛이었다가 초록색의 무엇인가가 반짝일 때면 마치 보석을 발견한 기분으로 그 싹눈을 바라보게 된다. 시골에서 자란 나는 어릴 적 뒷산으로 자주 산책을 갔다. 뒷산이라고 했지만 사방에 산이 있었고, 어느 곳이든 뒷산이라고 불렀다. 부모님과 함께 걷던 중 커다란 목련나무를 발견했다. 봄이었고, 꽃눈이 올라오기 시작했다. 그 꽃눈을 바라보며 엄마는 내게 "여기에 생명의 신비가 있어."라고 말했다. 나는 단순히 여기에서 꽃이 핀다는 의미로 받아들였다. 게다가 '생명'과 '신비'라는 조합도 낯설었다. 하지만 이제 그 의미를 조금 알 것 같다. 그 조합이 주는 의미와 감격을.

홍콩야자는 덥고 습한 여름에는 특별히 관리하지 않아도 알아서 자란다. 그것도 폭발적으로. 내가 식물을 잘 키우나 착각할 정도다. 가을이 오면 숨을 고르는 게 보인다. 성장이 더디다. 창밖의 나무가 잎을 모두 놓아주는 시기가 되면 홍콩야자 잎도 하나둘씩 색이 변한다. 그리고 겨울이 되면 줄기를 살짝 흔들기만 해도 잎이 한두 장씩 떨어진다. 그때마다 놀라곤 했다. 이제 겨우 한겨울을 보내고 1월 중순이 되자 홍콩야자도 어느덧 겨울에 적응한 듯 보인다. 더 이상 색의 변화도 없다. 조금 더 더디게 자랄 뿐이다. 그렇게 변하고 적응하는 홍콩야자를 보며, 무언가를 돌보는 일은 어쩌면 자기 안에 있는 무언가를 돌보는 것과 같은 게 아닐까, 생각하게 된다.

잎사귀가 자라지 않아도 뿌리는 자란다고 내 식물 멘토가 알려 주었다. 그냥 커피 마시며 식물 얘기를 하다 뜬금없이 저런 명언을 주다니. 가끔 홍콩야자의 여름처럼 폭발적으로 자라지 않는 지금의 내 상황이 조금은 못마땅할 때가 있다. 이제 가을로 접어드는 걸까? 슬프고 애석한 생각이 마음 틈 어딘가에서 꿈틀댄다. 내 여름은 영원할 것 같았는데. 지금의 내가 홍콩야자의 여름처럼 훌쩍 자라지 않는다고 해서 색이 변한 건 아니다. 다만 봄에서 막 여름이 된 그 시절이 조금 그리울 뿐이다.

모든 감정과 상황이 각인되듯 느껴지고 삶의 농도도 하루가 다르게 짙어졌다. 재미도 슬픔도 그 무엇도 모두 강렬했다. 확실히 살아 있음을 느꼈다. 하지만 지금은 아니다. 난 지금 계절의 끝자락에 서 있다. 그 계절이 여름의 끝자락이라면, 아직 나는 여름을 살고 있는 거겠지. 가을은 아직 오지 않았다.

비록 여름의 끝에 서 있는 내 잎사귀가 더 이상 자라지 않아도 뿌리는 자라겠지. 생각해 보면 어떤 식물이든 뿌리는 잘 보이지 않는다. 식물에게 뿌리만큼 소중한 건 없기 때문일까? 소중한 건 눈에 잘 보이지 않는 법이니. 여름의 끝에서 내가 조금이라도 더 성장할 수 있는 유일한 방법은 뿌리처럼 보이지 않는 것들을 키우는 일일 것이다. 가을을 위해, 겨울을 위해. 그리고 언젠가 이 뿌리마저 약해질 것이다. 어쩔 수 없는 일이겠지. 세상 모든 건 때가 되면 소멸하니까. 제아무리 단단히 키운 뿌리라도 영원히 온전할 수 있을까? 살아 있는 동안은 소중한 걸 담아 건강하게 지켜 내고 싶다. 깊은 한숨에도 홍수 같은 눈물에도 쓰러지지 않도록.

이번 여름에는 분갈이를 해 줘야겠다. 잎사귀가 제법 무성하고, 아직 흙을 파 보진 않았지만 뿌리는 더 자랐을 테니까.

튼튼한 괴짜

음악 작업과 함께 음악 중심의 문화예술교육을 하고 있다. 그러다 보니 종종 청소년들이 진로를 물어 오곤 한다. 그중 세 가지는 항상 묻는 편이다. "학창 시절에는 어땠어요?" "자기가 좋아하는 걸 직업으로 하니 어때요?" "돈은 잘 버나요?" 평범하지만 중요한 질문이다. 학창 시절은 과거를, 돈을 잘 버는가는 현재를 뜻한다. 그리고 좋아하는 걸 직업으로 하니 어떠냐는 질문은 현재 진행이자 미래를 담고 있기 때문이다.

가장 어려운 질문을 뽑자면 돈이다. 학생들은 제법 예의 있게도 "선생님은 돈을 잘 벌어요?" 하지 않고 "음악을 하면 돈 벌 수 있어요?"라고 묻는다. 공연 한 번 안 하고 연습만 하는 연주자부터 BTS까지 모두 다 음악가이기에 딱 잘라서 답하기는 어렵다. "음악은 누구에게나 어느 곳에서나 필요한 만큼 다양한 방식으로 수입이 생겨나요."라고 대답하는 경우가 많다. 반면 학창 시절에 대한 질문은 이미 정리가 끝난 과거라 비교적 수월하게 대답한다. "평범했죠." 이 한마디로 정의할 수 있다. 공부도 중간, 평판도 중간, 달리기도 중간, 급식시간에 줄 서는 것도 중간이었으니까. 무엇 하나 뛰어나거나 모자람 없이 살았다. 과연 담임선생님이 내 이름을 기억이나 할까? 사실 내 마음속에는 언제나 괴짜 같은 면이 반짝였지만 그걸 보여 줄 친구나 어른이 없었다. 그래서 조금 외로웠다. 마음을 반쯤 닫은 채 살았다.

얼마 전에 괴짜를 주제로 한 인터뷰가 기획되어 사전 인터뷰를 진행했다. 인터뷰어는 역시나 학창 시절이 어땠는지 물었고, 나는 평범했다고 대답했다. 인터뷰어는 약간 놀란 얼굴이었다. 괴짜를 주제로 섭외한 네 명을 인터뷰했는데 모두 학창 시절이 평범했다고 대답한 것이다. 그렇다면 괴짜의 필수 조건은 평범이려나. 어쩌면 평범한 척이겠지.

괴짜 성향을 일찍 발현하기는 제도적으로 쉽지 않다. 아직도 정규 교육은 관리하기 편한 사각형 규격의 인재상을 좋아할 테니까. 틀에 맞추기 위한 과정은 꽤 강제적이고, 그 틀에서 조금이라도 벗어나면 선생님이나 다른 학생들의 눈 밖에 나기 쉽다. 부모님들은 말할 것도 없고. 시대를 막론하고 비슷할 것이다. 보이는 방식과 강제성이 부여되는 범주가 조금 달라졌을 뿐. 훈장님께 회초리를 맞건 선생님께 꿀밤을 맞건 말 한마디로 마음에 생채기가 나건 건 매한가지다.

초등학교부터 고등학교를 지나는 동안 나도 사각형 인간인 척을 했다. 어차피 인재는 안 되었고, 하물며 괴짜 성향을 보였다가는 분명 상처만 받을 테니까. 지금도 눈에 띄는 행동을 그다지 좋아하지 않는다. 왠지 앞으로도 그럴 것만 같다. 어쩌면 학창 시절에 괴짜 성향을 숨긴 것이 내 인생 전체로 보면 오히려 괜찮은 일인지도 모른다. 그사이에 소중한 괴짜 성향을 다듬고 정리하며 지키는 방법까지 터득했으니 말이다.

더 튼튼한 괴짜가 되고 싶다. 일단 튼튼한 괴짜가 되려면 감당할 만큼만 외로워야겠지. 너무 큰 외로움은 사람을 쉽게 지치게 만드니까. 그러려면 다른 괴짜들과의 느슨한 연대도 필요하다. 자주 만나거나 연락하지 않아도 상관없다. 우연한 만남이나 SNS를 통한 소식만으로 반갑고 좋은 자극을 받을 수 있으니까. 우와, 아직도 하고 있구나! 계속 이어 가고 있구나! 쭉 달리고 있구나!

앞으로 계속 나이가 들겠지. 아직 살아 있다는 증거로. 옆에는 건강한 괴짜들이 여전히 그 괴짜 성향을 유지하고 발전해 나아갈 테고. 모쪼록 세상 모든 괴짜가 건강하고 튼튼해지기 바란다.

4106

대부분의 전화번호 뒷자리는 아주 오래전 집 전화의 뒷자리 숫자거나 태어난 연도, 생일, 기념일 등 특별한 사연을 담고 있다. 물론 통신 업체가 정해 준 번호가 우연히 마음에 들었을 수도 있고, 아무 의미가 없을 수도 있다.

4106. 이 숫자가 내 휴대전화 번호 뒷자리가 된 지 꽤 오래다. 20년 가까이 쓰고 있다. '4106'은 로우파이(Lo-Fi, 음질이 낮고 잡음이 많은 곡) 밴드인 아메리칸 아날로그 세트(American Analog Set)가 발매한 앨범 《노우 바이 하트(Know by Heart)》의 총 재생 시간인 '41분 06초'에서 가져온 것이다.

당시 함께 음악을 듣곤 하는 여자아이와 통화 중이었다. 전화번호를 뭐로 바꾸면 좋을지 고민 중이라고 했더니, 그녀는 듣고 있던 CD 플레이어를 보며 '4106'이

어떠냐고 권했다. 사실 그 밴드를 많이 좋아한 건 아니었다. 취향에 맞기는 했지만 번호로 삼을 만큼은 더더욱 아니었다. 하지만 전화번호 뒷자리를 '4106'으로 바꾸면 그녀가 연락을 자주 할지도 모른다는 뜬금없는 기대감이 올라왔다. 할 수만 있다면 '4106-4106-4106'으로 했을 테지.

주변에 그 밴드를 좋아하는 친구가 몇 있었다. 그들에게 새 번호를 알려 주었지만 아무도 눈치 채지 못했다. 한편으로는 다행이었다. 그녀와 나만 아는 비밀이 생긴 기분이랄까. 하지만 주저하게 되어 자주 연락하지 못했다. 분명 여러 가지 이유가 있었는데 지금은 다 잊어버렸다. 별로 대수롭지 않은 것들이겠지.

모처럼 그 밴드의 음악을 다시 들었다. 적당히 느린 긴장감에 가끔 감각 있는 리프(riff, 두 소절 또는 네 소절의 짧은 구절을 감각적으로 반복하는 악기 연주법)를 툭툭 내려놓는다. 정말 오랜만에 앨범 한 장을 전부 들었는데, 요즘 유행하는 음악들과 한참 다르다. 그래서 더 매력 있다. 한창 이 앨범을 듣던 시절에는 CD 플레이어에 유선 이어폰을 귀에 꽂은 채 시내버스를 타곤 했다. 그리고 어김없이 졸음이 밀려왔다.

전화번호를 바꾸지 않은 20년 동안 이 번호로 꾸준히 연락하는 사람은 가족과 친구 몇뿐이다. 정작 전화번호 뒷자리를 안겨 준 그녀의 연락처는 아직 가지고 있지만, 가끔 페이스북에서 근황을 확인한다. 어쩌면 내가 가진 연락처는 벌써 다른 번호로 바뀌었을지도 모른다. 그녀는 예전부터 전화번호를 자주 바꿨으니까. 휴대폰을 잃어버리면 다른 누구와 같은 통신사로 변경하며 번호를 바꾸곤 했다. 그녀가 마지막으로 연락한 것도 낯선 번호의 문자 메시지였다. 자신은 잘 지내며, 언제나 나와 내 음악을 응원한다고 했다. 오래전 친구들과의 추억이 떠올라 안부 메시지를 보낸 거였다.

그녀는 음악 모임에서 만났다. 요 라 텡고(Yo La Tengo)를 중심으로 한 미국 인디 신 음악을 공유하는 모임이었다. 연령대도 취향도 다양한 이들이 함께 모였다. 음악 아니면 평생 만나지 못할 다양한 분야의 사람들이었다.

회사에 다니는 누나도 있고, 클럽에서 일하는 또래도 있고, 미술을 전공한 친구도, 사진을 찍는 친구도, 밴드를 하는 형도, 글을 쓰는 형도 있었다. 시시해 보이는 건 나 자신밖에 없는 시절이기에 모두가 궁금했다.

그곳에 모인 이들의 공통점이라면 감수성이 예민하고, 독특한 무언가를 찾아 자신을 확장하고 싶어 한다는 거였다. 그래서 낯설고 세련된 것에 끌렸고, 그중에 음악, 음악 중에서도 미국 인디 신을 선택한 게 아니었을까? 사실 나는 미국 외에도 일본, 영국, 한국의 인디 음악에 골고루 관심이 있었다. 인디 음악이 지닌 푸른 기운에 오로라가 번진 느낌이랄까. 하지만 그런 감성을 공유할 수 있는 사람이 주변에 없었다. 자연스레 음악 모임을 자주 가졌다. 함께 술을 마시고 공연을 보러 갔다. 몽환적인 카페나 술집이 생기면 우르르 몰려가기도 했다. 뭐가 뭔지 몰라도 마냥 좋았다. 어쩔 수 없이 약간 이기적인 사람은 있어도 남에게 피해를 줄 만큼 못된 사람은 없었다.

그들 대부분은 지금도 희미하게나마 연락이 닿는다. 미술을 전공한 친구는 출판사에서 일하고, 사진을 찍던 친구는 드러머가 되었다. 클럽에서 일하던 친구는 부산으로 이사했고, 글을 쓰던 형은 직장인이 되었다. 모두 그때와 비슷하지만 다르게 살고 있다. 나도 그렇고.

번호는 바뀌지 않아도 연락하는 사람은 바뀐다. 당연한 일이겠지. 사람 사이도 자석 같지 않을까? 서로를 강하게 끌어당겼다가 밀어내기도 한다. 그렇게 파도처럼 오고 간다.

종종 아직 연락이 닿는 사람들에게 뒷번호에 담긴 사연을 묻고 싶다. 꽤 사적인 대화가 되겠지. 그러고 보니 외우는 전화번호가 몇 개 없다. 그런데 '4106'을 준 그녀의 뒷자리는 왜 아직도 기억나는 걸까? 0616. 여름에 태어났다며, 생일이 6월 16일이라고 했지. 아무리 번호를 자주 바꿔도 내게 그녀의 뒷자리는 언제까지나 '0616'일 것이다. 정말 그럴 것만 같다.

남는 것은 결국

가끔 공연이나 수업을 마치고 단체 사진을 찍는다. 시간이 지나서 그 사진을 보며 당시를 떠올린다. 함께 사진을 찍은 사람의 이름이 기억나지 않을 때도 있지만 그 분위기는 사진에 고스란히 남아 있다. 그리고 사진 속에서 마음이 움직이는 얼굴을 발견하면 잠시 기도한다. 그 사람에 대해 잘 알지 못하니 그저 내 마음을 전하는 기도를 한다. "오늘 하루 삶의 따스함을 간직하고 살아가게 해 주세요. 건강한 웃음의 순간을 느끼게 해 주세요. 외로운 순간에도 누군가 떠올릴 사람이 있게 해 주세요." 특정한 종교나 신을 떠올리지 않고 그저 기도한다.

'에너지 보존의 법칙'이라는 것이 있다. 물론 정확한 공식은 모른다. 어쨌거나 에너지는 사라지지 않는다는 이론이다. 형태를 바꾸거나 다른 곳으로 전달될 수는 있지만 결코 사라질 수 없기에 에너지는 항상 일정하게 유지되는데, 그런 의미에서 내 기도는 분명 효과가 있을 거라고 믿는다. 내 기도가 그 사람에게 당장 효과를 나타낼지는 의문이다. 다만 내 마음에 있는 작은 촛불이 꺼지지 않도록 돕는 건 확실하다. 덕분에 그 사람과 같은 처지의 누군가를 만났을 때 따뜻함을 더 쉽게 밝힐 수 있다. 그런 온기가 전해지고 전해져서 언젠가 사진의 그 사람에게도 전해지기를 바라는 마음이다.

사진에 있는 몇몇은 지금도 연락하지만, 대부분은 기억 속에서만 살아 있다. 그마저도 언제까지일지 장담할 수 없다. 그래도 살아 있는 동안은 기도를 이어 가고 싶다. 기도는 되뇜이다. 그렇게 반복해서 되뇌다 보면 어느새 그 사람을 위해 기도하던 대로 내가 살아가는 것 아닐까? 내 삶에 바라는 게 있다면 그저 아무도 미워하지 않고 눈감는 것이다. 따지고 보면 용서할 것도 미워할 것도 없지만.

그래서인지 즉석 사진을 좋아한다. 섬세한 표현은 스마트폰이나 디지털 카메라에 비해 부족하더라도 즉석 사진만 낼 수 있는 특유의 색감이나 분위기가 맘에 드는

데, 함께 찍은 사람의 표정에 담긴 온기가 고스란히 묻어나서 더 좋다. 나중에 잊힐지도 모를 그 사람을 위해 기도하기에 즉석 사진만큼 좋은 것도 없다.

문득 부모님 말고 나를 위해 기도하는 사람이 있을까 궁금하다. 내게 누군가의 기도가 반드시 필요한 건 아니다. 굳이 따지자면 필요 없는 쪽에 가깝다. 한 사람의 영혼에는 무더운 여름날의 시원한 바람이 더 만족감을 줄 것이다. 결국 기도는 자신을 위한 것이다. 세상을 바라보는 시선을 맑고 따뜻하게 유지하는 방법이다.

얼마 전에 친구를 만났다. 그는 도시에서 지친 자신을 위해 딱 석 달만 쉬어야지 하고 제주에 내려갔다. 그리고 아예 정착했다. 벌써 1년쯤 되었다. 오랜만에 보니 전보다 훨씬 건강해진 얼굴이었다. 최근에 직장까지 구했다고 했다. 좋아 보였다. 직장을 구하기 전 1년 동안은 텃밭을 가꾸고 시간이 날 때마다 걸었다고 했다.

우리는 한참 동안 텃밭이 주는 즐거움을 이야기했다. 나 역시 주말농장에서 열 평 남짓한 텃밭을 가꾸는 즐거움에 흠뻑 빠진 터였다. 특히 밭일은 처음이라 우왕좌왕 한 에피소드와 더불어 땀 흘리는 즐거움에 대해 무척이나 공감했다. 내가 땀 흘리는 기분 좋음과 그 감정이 주는 마음의 풍요가 일상을 건강하게 한다고 하자, 그 친구는 나이 들며 남는 것은 '노동과 기도'밖에 없다는 말을 했다. 노동과 기도라니.

파도의 위로

바다를 앞에 두고 그 자리에 서서 한참을 펑펑 울었다. 몇 해 전 봄 서해의 일몰을 보러 갔을 때였다. 저무는 태양의 황홀한 빛이 바다에 번져 흘렀고, 움직이는 파도가 반짝이며 내게 다가왔다. 그 물빛이 천천히 촘촘하게 스며들었다.

지칠 대로 지쳐 있을 때였다. 표정은 항상 딱딱하고 마음은 차갑게 얼어서 무감각했다. 그런 내가 싫었다. 살아 있음을 온전히 느끼지 못했다. 그런 나에게 전해진 파도의 위로가 그 시절의 나를 살린 것이다. 저무는 태양의 황홀한 빛과 잔잔한 파도의 리듬이 얼음처럼 딱딱하고 차가운 마음을 어루만져 주었다. 마음은 서서히 녹아내렸고, 눈물이 되었다. 그렇게 울고 나자 세상이 조금 달라져 있었다. 아니, 달라진 건 나였겠지만.

언젠가 처음 노래를 만들고 거울을 봤을 때의 내 모습

이 내내 그리웠다. 뭔가 들뜬 데다 호기심 가득한 눈을 하고 있었지. 세상 모든 게 투명해 보였고 아무것도 겁나지 않았다. 그런 눈을 다시 얻은 기분이었다. 그 바다가, 그 파도가 다시 나를 그렇게 만든 거였다.

그 후로 마음이 뒤엉킨 털실처럼 복잡할 때면 바다를 보러 간다. 바다를 걷다 보면 어느새 복잡한 심정이 녹아내려 미워하는 마음이 사라진다. 물론 그렇지 않은 날도 있다. 그런 날은 나름의 기쁨을 찾는다. 해변에 앉아 모래를 만진다든지, 가까운 카페나 편의점에서 커피를 사고 벤치나 바위에 앉아 지나가는 구름과 사람들을 바라본다. 그렇게 가만히 시간을 흘려보내고 나면 마음이 한결 가벼워진다. 복잡한 마음을 정리하는 방법의 하나는 멈춤일지도 모른다.

평생 소원이 하나 있다면 죽는 날까지 아무도 미워하지 않는 것이다. 아무도 미워하지 않는 마음을 갖고 싶다. 나 자신을 포함해서. 나 자신을 미워하는 마음을 갖지 않고 싶다. 뒤돌아보면 남을 탓하지 않기 위해 나 자신을 얼마나 탓했는가.

파도를 사랑한다. 황홀한 빛을 반짝이며 다가온 서해의 파도. 그 어떤 음악보다 오감을 신선하게 자극한 백령도 콩돌해변의 파도. 함께 달리며 상쾌한 용기를 선사해 준 강릉 7번 해안국도의 파도. 따스한 물결로 나를 어루만진 오래전 동남아 어느 바다의 파도 그리고 함께 흐른 음악. 그 모두가 나를 살렸고, 결코 잊을 수 없는 추억이 되었다.

옛 글을 찾다

지난 메일을 훑어보다 어떤 경로인지 몰라도 닫은 지 꽤 오래된 내 블로그까지 들어가게 되었다. 수많은 감정의 잔여물이 약간의 양념을 더한 채 남아 있었다. 지난 글을 보는 건 언제나 흥미롭다. 닮았지만 다소 결이 다른 자아를 발견하는 기분이다. 요즘 쓰는 글들도 오랜 시간이 지나서 읽으면 낯간지러울지 모른다. 그래도 훗날 흥미로운 이벤트가 될 확률이 높기에 어떻게든 써 놓는 편이 나은 것 같다. 진지할수록 더 크게 웃을 확률이 높으니까. 물론 울어 버릴 확률도 높지만. 어쨌든 최고의 웃음거리는 자기 자신인가 보다.

블로그에는 10년 정도 쌓아 놓은 글이 있었다. 처음에는 시적 허용 백 퍼센트의 산문이었다면 후반부로 갈수록 구체적이고 사실적인 글이 되었다. 그 변화를 발견하는 것도 재밌다. 글 중에 패티 스미스 공연을 본 내용이 있는데, 사실 태어나서 한 번도 패티 스미스를 만난 적이 없다. 적어도 내 기억에는. 그녀의 노래도 아는 게 없다. 하지만 분명히 쓰여 있었다. 그녀가 맨손으로 기타줄을 끊는 퍼포먼스까지 자세히 적혀 있으니 사실이긴 한가 보다. 그래도 기억은 나지 않는다. 패티 스미스를 기억하는 건 지금은 없어진 음악 잡지의 흑백 사진이다. 휴대폰 사진첩을 찾아보려 했으나 2016년 휴대폰을 바꾸면서 사진을 모두 지운 기억이 떠올라 그만두었다. 이렇게 잊어버릴 걸 왜 그렇게 꼼꼼히 적어 놓았을까 하는 생각이 들었다. 차라리 16년 전에 쓰던 글처럼 암호로 가득한 시같이 써 놓을걸. 상상력 가득한 단어들을 모아 나중에 가사로 썼을지도 모를 일이다. 하지만 시간은 흘렀고, 지금 내게 그 글의 의미는 기억이 불완전하다는 것과 내 기록이 부질없다는 사실을 알릴 뿐이다.

마침 또 다른 옛 글을 찾았다. 공연 안내 글이었다. 공연할 때마다 고심해서 시 같은 암호들을 만들곤 했다.

손가락은 다섯 개 비밀은 열두 개. 하얗고 파란 도마

뱀들이 천장에서 방바닥으로 뚝뚝 떨어진다. 보잘것없는 중력과 아리따워 눈물겨운 저기 저 멀리의 아가씨들. 팔각 만화경의 어지러운 질서처럼 나는 계속 똑같이 잠에 들고, 또 눈을 뜬다아. 겨드랑이까지 차가워지는 부끄러운 속삭임. 평평한 숲을 생각하자. 가지런하게 펼쳐진, 채도가 무척 고른 초록빛 잎사귀와 키 작은 풀들을 떠올린다. 춤을 추자아.

일시: 2007년 3월 1일, 2일 19:30

장소: EBS 스페이스 공감

지금 봐서는 무슨 말인지 정확히 모르겠지만 감수성 가득한 이미지의 단어들로 마구 밀어붙인 글이다. 그래도 나름 이성은 살아 있는지 '춤을 추자아.'라고 썼다. 공연에 함께 하자는 말이다. 되돌려 생각해 보면 참 재밌는 공연이었다. 대기실부터 엔딩까지 전부 마음에 들었다. 아무튼 글로 돌아가서, 왜 손가락은 다섯 개 비밀을 열두 개라고 했을까? 내 손가락은 다 합쳐 열 개인데 반나절은 열두 시간이라 모두 잡을 수 없다는 말인가. 하얗고 파란 도마뱀은 어떤 초현실을 표현하고 싶었던 걸까? 역시나 모르겠다. 확실한 건 모든 이야기 가운데 가장 생생한 이야기는 개인적인 이야기라는 사실이다. 읽는 사람이 본인 자신이라면 더욱 그럴 테고.

Look on the bright side

'Look on the bright side.'는 내가 기억하는 가장 오래된 영어 문장이다. 밝은 면을 봐라, 정도 되려나. 학교에서 배운 문장은 아니고 아버지 서재에 있던 책에서 읽은 것이다. 아버지가 지금의 내 나이 때 책을 꽤 사신 것 같다. 한번은 정확한 제목은 기억나지 않는데, '명언으로 배우는 영숙어'와 비슷한 느낌을 주는 제목의 책을 사 오셨다. 영어 속담이나 명언을 맨 위에 두고, 그 문장에서 쓰인 영숙어를 깔끔하게 정리한 다음 반 페이지 넘게 설명을 덧붙인 책이었다. 서양 속담 풀이에 영숙어를 얄팍하게 끼워 맞춘 것인데, 강원도 화천의 작은 서점에 있을 정도면 당시 꽤 잘 팔린 책이 아니었을까 싶다.

갑자기 궁금하다. 과연 아버지는 그 책에 나온 명언을 하나 이상 기억하실까? 아니, 그 전에 과연 책의 존재를 기억하실까? 전화를 걸어 책의 존재를 물었다. 역시나 전혀 모르신다. 재밌는 일이다. 그래도 나에게 이 명언을 남겨 주었으니 충분한 값어치를 한 게 아닐까? 20여 년 전이면 4000원 정도였겠지. 꽤 괜찮은 값이다. 어쩌면 나도 훗날 지금 쓰는 이 글을 썼다는 사실조차 잊는 건 아닐까? 어느 날 내가 아버지한테 전화한 것처럼 누군가 이 글을 묻는다면 그것도 나름대로 재밌는 일이 되겠지.

어느 직업이나 마찬가지겠지만 뮤지션으로 살다 보니 자기 연민에 빠지기 쉽다. 비교적 자기애가 강한 탓이다. 슬프게도 자기 연민은 가장 친한 친구인 절망감을 꼭 함께 데려온다. 그래서 자기 연민에 빠지면 나를 둘러싼 이 세상이 더 어두워지고 번민은 점점 커진다. 30대 초반 몸과 마음으로 관찰한 결과, 자기 연민→절망감→어두컴컴→커지는 번민→벅찬 번민 해결→신세 한탄→자기 연민의 반복이고, 이 반복은 곧 성격이 된다. 무척 집중했던 연애에서 이별한 시기인데 그때 이 패턴이 아주 자연스럽고 정확하게 관찰되었다. 동시에 남 탓, 내 탓, 상황 탓을 했다. 그러다가 어느 순간 '아, 이렇게 별 볼 일 없는 나도 나구나.' 하고 나를 내려놓기에 이르렀다.

그러고 나니 마음이 편했다. 줄곧 웅장한 나를 이상형으로 정하고 마음에 그려서 자기애와 자기 연민에 빠진 게 아닐까 생각했다. 큰 기대는 큰 절망을 가져온다. 더 이상 상대에 대해, 나에 대해 큰 기대를 하지 않기로 했다. 한결 마음의 절벽이 낮아졌다. 150센티미터에서 뛰어내린 절망과 15센티미터에서 뛰어내린 절망의 충격은 분명 다르다.

어떤 결정을 내리든 삶은 좋은 쪽으로 흐를 거라는 막연한 믿음이 생겼다. 누군가는 지나친 낙관론이라고 할지도 모르겠다. 하지만 인생에서 누를 수 있는 버튼 중에 되감기는 결코 없다. 언젠가 지우기는 가능할지도 모르지만. 바꿀 수 없는 일은 좋은 쪽으로 생각하는 게 낫다는 것이 내 인생관이다. 사실 객관화해서 봐도 그쪽이 여러모로 유용하다. 우선 편하다. 적어도 나를 탓할 일은 적을 테니까. 조금은 무책임할지라도 내 인생 아닌가. 뭐 좋은 쪽으로 가겠지, 하며 하루하루 편히 사는 게 나은 것 같다.

후회해도 별수 없다는 걸 배우는 게 서른의 청춘 아닐

까? 후회해서 되돌릴 수 있는 건 없다. 되돌리려는 노력이 일을 더 꼬이게 만들 뿐이다. 후회는 중력을 키우고 에너지를 소비한다. 움직이지 않고 가만히 앉아서 생각만 하는 건데도 그렇다. 그래서 후회하는 행위 자체를 포기하는 건지도 모른다. 에너지를 소비하지 않기 위해서.

그래도 괜찮다. 후회하는 것도 포기하는 것도 모두 배우는 과정이니까. 밴드 갤럭시 익스프레스의 〈지나고 나면 언제나 좋았어〉라는 곡이 있다. '언제나 지나고 나면 좋았을 테니까. 다 괜찮을 거야. 이 순간마저도 때론 그리울 거야. 항상 그랬었잖아'로 시작하는 곡이다. 꽤 거친 로큰롤을 선사하던 밴드가 사뭇 관조적인 이 곡을 부를 때면 뭔가 진흙탕의 페스티벌이 끝나고, 삼삼오오 모닥불 앞에 모여서 편하게 마음을 터놓는 기분이다. 어느 곡이든 특별히 좋아하는 부분이 있는 법인데, 나는 조금은 긁어 대며 부르는 보컬 스타일과 '항상 그랬었잖아' 부분이다. 맞다. 믿음 같은 것이다. 전에도 그래 왔듯이 앞으로도 그럴 거라는 믿음 말이다.

'Look on the bright side.'를 오랜만에 다시 떠올리

며 흰색 노트에 펜으로 적어 본다. 키보드를 두드리는 대신 손글씨로 영문을 쓰는 건 꽤 오랜만이다. 어색해서 애매한 글씨가 썩 맘에 들지 않지만, 뭐 그런대로 괜찮은 것 같기도 하다.

몇 살이에요?

누가 묻기 전까지는 몇 살인지 잊고 산다. 그러다 누군가 물으면 그제야 내 나이를 얘기하며 스스로 놀란다. 우와, 시간이란 참! 공공 업무가 아닌 사적인 자리에서 나이를 상기시키는 사람은 대개 나보다 나이가 많거나 딱 봐도 많아 보이는 남자들인데, 그런 부류는 다음에 만나도 똑같이 나이를 묻는다. 상대방을 얕잡아 보려는 의도가 깔려 있다. 언젠가부터 어느 자리건 나이 얘기는 하지 않겠다고 다짐했다. 나이 얘기는 여러모로 좋을 게 없다. 나이는 그 사람의 진정한 가치를 판단하는 데 아무런 도움이 안 된다. 은행이나 동사무소, 수많은 어플리케이션 등에 제공하는 걸로 충분하다.

누구도 나이를 묻지 않을 정도가 된 나의 노년을 생각해 본다. 도시와 그리 멀지 않은 숲속 작은 통나무집에서 통기타를 치며 평화로이 유유자적 살고 싶다. 과연 그럴 수 있을까? 한때는 그 훗날의 모습이 바로 눈앞에 펼쳐진 듯 선명했지만, 어느새 영화의 한 장면처럼 흐릿하다. 내 일이 아닌 것처럼 느껴진다. 그때까지 도시와 그리 멀지 않은 곳에 숲이 남아 있기는 할까? 어쩌면 불가능에 가까운 쪽이 아닐까 싶다. 슬픈 일이다.

장밋빛 미래는 더 이상 바라지 않는지도 모른다. 흑백사진 정도로만 남아도 좋겠다. 그럼에도 불구하고 아직은 저 먼 훗날 통나무집에 앉아 기타 치는 내가 자꾸만 아른거린다. 슬프지만은 않은 이유겠지.

나의 쓸모

나의 쓸모에 대해 생각한다. 내 안에 자리한 약간의 강박은 어느 곳에 있든지 나의 쓸모를 재빨리 찾아내려 하고, 찾아내는 즉시 어필하려고 노력한다. 애써 노력한다기보다 본능에 가깝다. 그래야 그곳에서 적절히 살아남을 수 있다고 판단하는 듯하다. 내가 아무 쓸모도 없는 곳에서는 티끌만큼 자리하고 있어도 내내 마음이 편치 않다. 뻔뻔한 척도 못 하는 성격이라 그런 상황 자체가 괜찮지 않다.

얼마 전까지만 해도 그런 성격이 유난한 건 줄 알았다. 하지만 자살하는 이유 중 하나가 '자신의 쓸모'를 납득하지 못해서라는 칼럼을 읽고 생각이 바뀌었다. 그렇다. 나는 생존을 위해서 나의 쓸모를 본능적으로 찾은 것이다. 강박이 아닌 자연스러운 현상이라는 걸 알고 나자 위안이 되었다. 이 세상을 살아가는 모든 사람은 자신의 쓸모에 대해 생각하는구나. 하긴 물건을 버리는 기준도 쓸모가 있느냐 여부로 정하곤 하니까.

달과 나

'오늘 밤 3년 만에 찾아온 개기월식을 볼 수 있다.'라는 기사를 봤다. 요즘 누가 시간 맞춰서 달을 보나 싶지만 저렇게라도 기사를 내지 않으면 달의 존재조차 잊을 나는 현대인이다. 탐스러운 달을 여유롭게 바라본 게 언제였더라. 아, 맞다. 가끔 창밖이 너무 환해서 잠들지 못할 때가 있지. 그런 날은 어김없이 보름달이 떠 있다. 늦은 시간에 한강변을 걷거나 자유로를 운전하며 달을 볼 때도 있다. 하지만 높은 건물에 가려서 제대로 보기 어려운 날이 대부분이다. 아니면 내가 고개를 들지 않은 날이 많았던 거겠지.

오늘은 창밖이 어둡다. 인터넷 검색창에 '보름'이라 치고 멀리서 달의 안부를 묻는다. 그러고 보니 자연과 꽤 거리 있는 삶을 사는 게 아닐까 하는 생각이 든다.

어릴 적 강원도에 살 때는 달이 잘 보였다. 높은 건물도 없었거니와 주변이 들과 산뿐이라 유독 밝았다. 별도 제법 잘 보였다. 별자리는 영 외워지지 않아 뭐가 뭔지 몰랐지만 북두칠성만큼은 쉽게 찾았다. '7' 자 모양으로 빛나는 별들을 쭉 이으면 북두칠성이다. 그런데 왜 북두칠성이 곰 모양이라고 하는 걸까? 아직도 선뜻 이해되지 않는다.

소년기에 품은 별과 환상에 관련된 아련한 기억이 떠오른다. 어린 시절부터 공상을 좋아했다. 우주는 공상을 좋아하는 산골 아이에게 수많은 이야기를 선사했다. 미지의 세계, 끝없는 어둠에 반짝이는 무엇, 라이카, 아폴로 11호, SF영화 등. 그 모든 게 막막한 우주에 부유하고 있었다.

태양과 달리 달은 계속 모양을 바꾼다는 점이 굉장히 신기했다. 이분법적 비약을 살짝 더해서 낮과 밤을 태양과 달로 나누어 생각해 봤다. 변하지 않는 태양이 뜨는 낮의 현실은 변하지 않는다. 하지만 조금씩 변하는 달은 밤의 꿈처럼 다양한 모습으로 변한다. 달이 우리를 꿈꾸게 하는 것 아닐까? 기원전 3세기 연금술사들이

할 법한 얘기다. 산골 소년의 사유 방식은 증명보다 몽상이었다.

그러다가 초등학교 몇 학년 때였더라, 과학실에서 선생님이 아주 충격적인 말을 했다. 달은 결코 모양을 바꾸지 않는다고, 언제나 같은 모양이라고. 우리가 사는 지구처럼. 게다가 우리가 볼 수 있는 달은 한쪽 면뿐이라고 했다. 달의 모양이 달라 보이는 이유는 위치에 따라 태양빛이 닿는 각도가 다르기 때문이라는 건데, 신기했다. 달은 변하지 않는구나. 하지만 나의 사유에서 시작한, 비약이 더해진 이분법적 가설을 여전히 믿었다. '변하지 않는 태양이 뜨는 낮의 현실은 변하지 않는다. 하지만 조금씩 변하는 달은 밤의 꿈처럼 다양한 모습으로 변한다.' 산골 초등학교 과학실에서는 꿈의 과학적 검증이 불가능했기에.

결코 변하지 않는 둥근 달도 바라보는 이에 따라 모습이 변하듯 나도 다른 모습으로 변하곤 한다. 불변의 고유한 내가 있지만 이런저런 자극과 타인의 시선이나 그때그때 맡은 역할에 따라서 내 모습이 달라지는 것이다. 음악을 할 때는 뮤지션, 배울 때는 학생, 가르칠 때는 선생, 달릴 때는 러너, 버스에 타면 승객……. 하지만 어느샌가 그 모든 그림자에서 익숙한 나를 발견한다. 결국 나는 나라는 거겠지.

언젠가 나도 달에 갈 수 있을까? 달에 가서 딱히 하고 싶은 건 없지만 달에서 바라보는 지구는 어떨지 궁금하다. 사진으로는 많이 봤지만 눈으로 직접 보고 싶다. 물론 고개를 돌려 태양도 볼 것이다. 카메라를 꺼내서 사진도 몇 장 찍어야지. 가능한 한 오래 간직하고 싶다. '#달여행' '#지구' 같은 태그를 달아서 SNS에 올릴지도 모르겠다. 같은 태그를 단 게시물이 몇 만 개는 되겠지? 나같이 평범한 사람이 달에 갈 정도면 누구나 한 번쯤은 다녀온 세상일 테니까. 그래도 저 멀리 달을 바라보며 자랑스럽게 말해야지. 달에 다녀왔다고. 정말 멋진 경험이었다고.

사람은 좀처럼 변하지 않는다고 한다. 몇몇 심리학자는 3~5세에 형성된 인격이 평생 동안 유지된다고 말한다. 그 말이 맞는다면 사회적 대응 기술을 터득하여 내성적인 사람이 외향적으로 보일 수 있지만, 습득한 것이지 타고난 건 아닐 것이다. 달도 그렇다니까.

도망이 등산이 될 때

열 살 무렵 산으로 도망친 적이 있다. 나름의 가출이었다. 나중에 알았는데, 보통 가출을 하면 친구네나 친척 집으로 간다고 한다. 나는 어이없게도 산으로 도망쳤다. 작은 시골 마을 어른들의 울타리는 꽤 촘촘하고 이웃에 대해 모르는 게 없으니 딱히 갈 곳을 찾지 못하여 산으로 도망친 거였다. 도망친 이유는 전혀 기억나지 않는다. 다만 화가 잔뜩 났다. 사소한 이유로 부모님의 잔소리가 짜증 났겠지. 괜한 반항심을 차근차근 시도하던 시기가 아니었나 싶다.

산으로 도망치는 발걸음은 무척이나 가볍고 빨랐다. 나 자신도 놀랄 만큼 발이 마구 움직였다. 화가 났으니 몸이 힘든 줄도 모르고 산을 뛰어오른 것이다. 하지만 산을 오를수록 점점 발이 느려졌다. 아무도 쫓아오지 않으니 굳이 빨리 오를 필요도 없었다. 숨이 차오르기 시작하자 과연 도망칠 일인가, 스스로 묻기도 했다. 한번 의문이 생기자 뛸 마음도 사라졌다. 아직 여름을 품은 초가을이었다. 볕이 드는 곳은 제법 따뜻한데 그늘은 서늘했다.

결국 도망은 등산이 되었다. 설악산처럼 높은 산이 아니라 그냥 작고 가파른 산이지만, 다양한 식물군을 터전으로 조그마한 생명체가 옹기종기 다채롭게 반짝이며 살았다. 구석진 산기슭에서 오디나무를 발견해 입과 얼굴이 온통 검붉어질 때까지 열매를 따 먹은 적도 있었다. 곤충 채집을 해야 한다며 친구들과 신기한 잠자리나 나비를 찾아 산 구석구석을 헤집고 다니기도 했다.

산을 계속 오르니 작은 거실 넓이의 아담한 평지가 나왔다. 그곳에 누워 아주 조금씩 움직이는 흰 구름을 바라보았다. 구름은 윤기 나고 풍성했다. 손목시계가 없어서 시간이 얼마나 지났는지 알 수 없었다. 아무도 날 찾으러 오지 않으면 어떡하지? 문득 걱정이 밀려왔다. 이럴 줄 알았으면 과자나 빵 같은 비상식량과 맥가이버 칼 등 생존 키트를 만들어 놓는 건데……. 이어서 시답잖은 상상을 하기 시작했다. 옆집에 사는 지혜는 지금 뭐 하고 있을까, 혹시 엄마한테 혼나고 여기로 올라오지는 않을까, 이름 모를 벌레에게 물려 스파이더맨처럼 초능력이 생기면 뭘 할까, 늑대소년처럼 마을에 가끔 출몰하는 너구리나 사슴과 같이 살면 어떨까……. 부질없는 생각들이 진지하게 이어졌다.

그러다 이내 지루해졌다. 몸을 일으켜 산을 등지고 마을을 바라보았다. 우리 가족이 전부 탈 수 있는 자동차가 내 코딱지보다 작게 보였다. 옆집의 넓은 파란색 지붕이 내 손톱으로 가려졌다. 여기서 보니 모든 게 작아 보이는구나. 교과서에 실린 '달에서 본 지구의 모습'이란 사진이 떠올랐다. 우주인도 대략 이런 느낌이 들겠지. 순간이지만 삶에 초연해지는 기분이 들었다. 물론 그때는 '초연'이란 말을 몰랐다. 이렇게 작고 작은 존재로서 어른과 아이로 나뉘어 모두 여기에 모여 사는구나. 갑자기 화가 났다. 똑같이 작은 존재인 엄마 아빠에게 별것도 아닌 일로 잔소리를 듣다니! 철이 없었던 거다. 어리면 어릴수록 자기 중심으로 세상을 보니까.

멀리서 귀에 익은 목소리가 들려왔다. 외할머니였다. 처음에는 누군가 내 이름을 부른다는 사실만으로 반가웠지만, 곧 엄마 목소리가 아니어서 섭섭했다. 그나저나 외할머니는 내가 여기 있는 걸 어떻게 알았을까? 내 이름을 부르는 목소리가 가까워질수록 고민이 깊어졌다. 울어야 하나? 화를 내야 하나? 아니면 더 깊은 산중으로 다시 도망쳐야 하나? 그 후로는 잘 기억나지 않는다. 그저 아무 잘못 없는 가엾은 외할머니의 목소리가 아주 가까워졌을 때, 무뚝뚝하지만 잘 들리도록 "왜에!" 하고 소리쳤겠지.

불꽃놀이

네 글자만으로 듣는 사람을 설레게 만드는 것이 있다. 불꽃놀이. 그 말을 듣는 순간 내 의식은 마법처럼 여름밤으로 미끄러진다.

7월, 곧 불꽃놀이가 시작될 시간이었다. 다양한 연령대의 연인과 가족이 모여 있었다. 불꽃놀이는 10세기경 중국에서 귀신을 몰아내는 종교 행사였다. 새해 첫날, 누군가의 탄생일에 시작되었다고 하는데, 이제는 보편적인 즐거움이 된 모양이다. 마음을 설레게 만드는 그 황홀한 빛과 모양 때문이겠지.

저녁 8시 반에 불꽃놀이가 시작된다는 안내 방송이 나오고, 5, 4, 3, 2, 1! 마침내 첫 번째 불꽃이 하늘을 향하더니 노란빛 불꽃이 밤하늘에 흩날렸다. 해가 지면서 하늘에 푸른빛이 살짝 남아 운치를 더했다. 이어서 형형색색의 불꽃이 하늘을 화려한 색깔로 물들였다.

처음에는 불꽃의 색깔과 궤적에 마음을 빼앗겨 몰랐는데, 계속 보노라니 맞은편에서 울리는 폭죽 소리의 반사음이 들렸다. 펑 하고 터지면 0.5초 후 맞은편 건물에 부딪혀 다시 펑 소리가 났다. 불꽃 메아리. 일부러 만든 효과음이 아니라서 더 좋았다. 덩치가 제법 있는 파워풀한 재즈 드러머의 즉흥연주를 듣는 것 같달까. 눈을 감고 들으면 마음이 요동치는 무언가가 있다. 시작은 끊어질 듯 끊어지지 않게 연주를 이어 간다. 약간의 강약 조절도 한다. 그러다 마지막이 가까워지면 온 힘을 다해 연주한다. 표현 가능한 모든 노트를 모조리 연주하는 것이다. 그렇게 연주를 마친 드러머는 대기실에 들어가자마자 쓰러질 것이다. 아무리 힘찬 드러머여도 말이다.

불꽃놀이가 끝나고 남은 짙은 화약 냄새에 눈이 매웠다. 눈시울이 붉어진 듯했다. 그녀가 내게 우냐고 물었다. 그 말을 들으니 정말 울 것 같았다.

불꽃놀이가 남긴 희미한 흔적을 등지고 걷자니 왠지 기분이 이상했다. 아쉬움과 체념, 적막이 느껴졌다. 어쩌면 이별 같은. 모든 노래는 끝이 있기 마련이다. 아무리 재미있고 감동적인 순간도 끝이 있는 것처럼. 우리네 청춘도 그렇겠지. 그걸 알려 주려고 우리는 그 많은 불꽃을 터뜨린 걸까? 뒤돌아보니 불꽃놀이가 남긴 흔적도 어느새 사라지고 없었다.

칭찬

틈틈이 나 자신을 칭찬하는 편이다. 그렇게 하면 적어도 타인에게 받고 싶은 칭찬의 기대치가 줄어든다. 칭찬 못 받는다고 못 사는 건 아니지만, 그래도 인정받고 싶은 게 사람 마음이니까. 담백하게 살기란 생각보다 쉽지 않다.

한강

오래전 패션지 인터뷰에서 "이 곡은 어디에서 영감을 얻었나요?"라는 질문을 받았다. "한강에서요."라고 대답했다. 무의식적으로 대답한 거지만 거짓말은 아니다. 정말 그랬으니까. 다만 질문에 대답하기 전까지 곡을 만든 나조차도 까맣게 잊고 지냈다.

내가 음악을 좋아하는 이유 중 하나는 무엇이든 잘 흐르게 만든다는 점이다. 잠긴 마음도 굳은 몸도 흐르게 한다. 때로는 기억조차 흐르게 해서 짙은 향수에 젖어든다. 한강도 끊임없이 흐른다. 퇴근 시간 수많은 자동차가 도로에 멈춘 순간에도 계속 흐른다. 그렇게 흐르는 물길에 수많은 이의 발걸음이 모이고 이야기가 쌓인다. 설렘, 한숨, 좋아하는 마음, 후회 등의 감정이 모인다. 그렇게 모여 한강이 흐르듯 노래가 흐른다. 내 음악도 어디에선가 계속 흐를 수 있다면 얼마나 좋을까.

그 인터뷰를 하고 나서 흐르는 것에 대해, 모이고 흩어지는 자연스러움에 대해 깊이 생각해 보았다. 음악으로 무언가를 크게 이루어 보고 싶다는 욕심이 사라졌다. 언젠가는 록스타가 되어 특별한 삶을 살고 싶다는 꿈을 내려놓은 것이다. 음악을 하는 사람보다 음악적인 사람이 되고 싶어졌다.

지난해였다. 마침내 한강을 수영으로 건넜다. 1.8킬로미터 거리의 잠실수중보를 왕복했다. 한강 수영은 언젠가 꼭 해 보고 싶은 일이었다. 그 인터뷰 때문이겠지. 영감을 준 곳에 조금이라도 더 가까이 가 보고 싶은 건 어느 창작자나 마찬가지일 테니까. 멀리서 바라보기보다 피부로 느껴 보고 싶었다. 수많은 이의 행복과 기쁨, 고민과 눈물 같은 것이 한데 모여 흐르는 그곳을.

한강 수면에서 바라보는 햇살은 멀리서 볼 때와는 다른 특별함이 있었다. 정말 좋았다. 수면에 반사된 자연의 빛은 의식의 어느 한 부분을 끊임없이 자극하듯 반짝였다. 다만 한 가지 걱정되는 부분이 있었는데, 영감이라든지 음악이라든지 행복이나 눈물 같은 감성적인 것은 아니었다. 냄새였다. 강물 대부분이 그렇듯 맑지 않았다. 다행히 냄새가 심하진 않았다. 해마다 안심하고 한강 수영을 해도 될 듯하다. 살아 있는 것과 이 여름을 기념하며.

무의미한 대화의 마스터

무의미한 대화의 마스터가 되고 싶다는 생각을 한다. 대화를 끝내고 자리에서 일어날 때 '무슨 말을 했더라?'라는 의문조차 들지 않는 가볍고 깔끔한 대화를 자주 그리고 아주 잘하고 싶다. 적당한 거리를 두고 적절한 강도를 유지하며 주고받는 탁구 같은 대화였으면 한다. 한 명이 대화를 주도해서는 안 된다. 한쪽만 말하고 다른 쪽은 듣기만 한다면 금세 싫증 나고 지친다. 또한 무의미한 대화를 하는 친구가 여럿이기를 희망한다. 오래오래 적당히 외롭지 않을 수 있을 테니까.

무의미한 대화의 디폴트는 '나쁘지 않기 위한 약간의 노력' 정도다. 그 정도가 적당한 것 같다. 잘 안다고 확신해서 던진 말이 누군가에게 깊은 상처가 될 수도 있다. 그 확신의 깊이만큼 상처도 깊은 법이다. 억지로 누군가의 기분을 맞춰 주려고 말하기보다는 누구도 다치지 않게 말하는 편이 좋다. 그러기 위해서는 조심스럽게 살 필요가 있다. 요즘은 확신이 없는 편이니 다행이라고 해야 하나. 아무튼 매사에 조심하려고 하니까 확신이 들더라도 상대방을 설득하려 하거나 의미를 찾으려는 마음은 일지 않는다. 점점 차가운 고체에서 미지근한 액체의 인간이 되어 가는 기분이랄까.

나쁘지 않으려고 노력하려면 우선 나쁨이 뭔지 잘 알아야겠지. 그래야 나쁨을 피할 수 있을 테니까. 아직은 잘 모르겠지만, 가장 큰 나쁨은 강요가 아닐까 생각한다. 강요가 발동하면 지금껏 잘 흘러가던 대화도 어느 순간 딱 끊겨 버리기 마련이다. 강요하는 사람이나 듣는 사람이나 서로 다른 의미에서 조바심이 나기 때문이다. 창과 방패처럼.

가끔이지만 아주 강한 확신에 찬 사람을 만나기도 하는데, 신기하게도 무의미한 대화는 절대로 불가능하다. 그렇다고 유의미한 대화도 안 된다. 보통 그런 사람은 자신에게 닥친 문제나 사회 이슈를 들먹이곤 하는데, 나쁘지 않기 위한 약간의 노력은 통하지 않는다. 이럴 때는 자리를 뜨는 게 여러모로 좋다.

음악은 물 같다

공연 중에 음악은 물 같다는 말을 한 적이 있다. “밖에 비가 내리네요. 여러분도 비를 좋아하나요? 음악은 물 같다고 생각해요. 어디에나 잘 스며들어요. 비가 내리는 거리에도, 한강에도, 지붕에도, 바다에도…… 어디든지요. 우리 몸의 70퍼센트는 물이라고 하잖아요. 우리 몸에도 더욱 잘 스며들 거예요. 물처럼 잘 스며드는, 그런 음악을 하고 싶어요.” 덧붙여서 음악을 하는 사람으로 살아왔지만 결국은 음악을 하는 사람보다 음악적인 존재 그 자체가 되고 싶다는 말을 했다. 음악적인 사람은 어디에나 큰 무리 없이 물처럼 스며들 수 있을 테니까.

데미안의 괴롭힘

고교 시절 나를 끈질기게 괴롭힌 책이 있다. 헤르만 헤세의 《데미안》이다. 싱클레어가 데미안을 만난 예민한 감수성에서 오는 두려움을 극복하며 알을 깨고 다른 존재로 성장하는 내용이다. 그 책 때문에 한동안 베아트리체, 아브락사스, 새, 신학, 성장 같은 단어에 빠져 있었다. 하지만 아쉽게도 아브락사스(Abraxas, 빛과 어둠의 세계를 동시에 소유하고 지배하는 신)는 고사하고, 그 누구와도 《데미안》에 대해 이야기를 나눠 본 기억이 없다. 내가 다닌 학교는 남녀공학이지만 남녀분반이었는데, 학교 도서관에서 같은 반 친구를 만난 적이 없다. 혈기왕성한 그 또래 남자아이들은 축구나 농구를 즐겼으니까.

하루빨리 《데미안》 같은 존재를 만나고 싶었다. 하지만 아무리 눈을 씻고 찾아봐도 내 주변엔 그런 사람이 없었다. 주변 아이들 모두 나만큼 유약한 존재였다. 신비롭지도 정의롭지도 않았다. 그저 주어진 하루 일과를 겨우겨우 버텨 내는 듯 보였다.

또래를 벗어나 선생님들을 살펴봤지만 그들도 똑같이 하루를 버텨 낼 뿐이었다. 괴롭고 외로웠다. 하루빨리 데미안 같은 존재를 만나 성장하고 싶은 바람만 커졌다. 그를 만나면 이 불만족스러운 상황을 충분히 이겨 낼 거라는 막연한 기대감으로. 한마디로 부적응의 시기라서 그랬겠지.

부모님의 강요로 집에서 멀리 떨어진 미션스쿨(특정 종교의 선교를 목적으로 설립, 운영하는 학교를 통칭하는 말이며, 한국의 미션스쿨은 모두 사립학교다)에 입학했다. 학교는 대대적으로 전인 교육을 내세웠지만 선생님들은 그저 평범한 어른이었다. 학교의 모토가 사랑과 실천인데도 지나친 폭력을 쓰는 교사도 있었으니까. 학교도 방관했고. 그땐 다 그랬다고 하지만 사람의 기본 존엄을 조금이라도 생각한다면 결코 이해할 수 없는 일이다. 그런 학교에서 배우는 학생들에게 앞서 말한 신비로움과 정의로움을 찾기 힘든 건 당연했다. 어서 자율학습을 끝내고 집에 돌아가 이 모든 괴리감을 씻어 내고 싶을 뿐이었다. 하지만 혼자 사는 자취방에 가면 또 다른 외로움이 기다리고 있었다. 물론 혼자인 시간이 학교에 있는 것보단 나았지만. 확실히 함께일 때 외로운 것보다 혼자일 때 외로운 게 낫다. 어차피 혼자이니 외로운 건 당연하니까. 어쩌면 청소년기의 외로움은 꿀이자 독인 것 같다.

결국 데미안은 만나지 못하고 졸업했다. 《데미안》은 내게 어떤 이상을 제시했지만 내내 외로웠고 아무것도 바꿀 수 없는 일상을 더 시시하게 만들었으니, 결국 나를 괴롭힌 셈이다.

지금은 데미안 같은 친구를 만났냐고 묻는다면…… 글쎄, 잘 모르겠다. 그때만큼 마음이 텅 비어 있지도 않고 외로움에 몸을 웅크리지도 않지만, 아직 완전한 건 아니다. 하물며 누군가에게 데미안 같은 사람이 되어 줄 수도 없다. 내가 그런 초월적인 존재가 될 수 있다면 만나길 바라지도 않았겠지. 물론 그런 존재의 모습을 생각하며 조금씩 닮아 갈 수는 있겠지만 역시나 그런 존재가 되는 건 무리다.

종종 두려울 때가 있다. 영영 찾지 못할까 봐 그런 게 아니다. 그토록 찾고 싶어 한 데미안이 나이 들면서 차츰 희미해지기 때문이다. 나도 어쩔 수 없이 유약한 어른이 되어 가는 건 아닐까? 싱클레어 역시 성인이 되었지만 무엇을 해야 할지 모르고 목표도 없었으니까 위안이 되려나. 하지만 그는 내면의 소리에 귀 기울일 수 있었고, 인생의 불완전성을 운명처럼 인정하고 완전히 받아들였지. 수많은 독자의 마음을 뒤흔든 책의 주인공으로 영원히 남을 테고. 그러고 보면《데미안》은 성인이 된 지금까지 나를 괴롭히고 있는지도 모르겠다.

아, 어쩌면 이미 만났을지도 모른다. 다만 데미안처럼 하나로 응축된 완벽한 존재가 아니었을 뿐. 다정하고 믿음이 단단한 여든 살의 키스터 신부님, 뮤지션으로서 30년 가까이 지치지 않고 달리자 외치는 크라잉넛 형들, 하루가 다르게 성장하는 마음 깊은 다섯 살 라희, 어머니

병간호와 일을 병행하면서도 아무런 불평 없는 친구 정협, 한강을 수영해서 출근하는 강인한 체력의 정규, 죽은 식물도 다시 살려내는 은지……. 그렇다. 우리 모두는 데미안의 어느 한 조각을 조금씩 지니고 있다. 그처럼 언제나 명확한 정답과 해결책을 갖지는 않았더라도 강하고 선한 무언가를.

기타와 튜닝과 마음

얼마 전 또 새 기타가 생겼다. 기타를 곁에 둔다는 건 방 한구석에 맛있는 초콜릿 상자를 둔 것과 같다. 그래서 기타가 많다. 기타가 많을수록 다양한 초콜릿을 맛볼 수 있으니. 다만 관리가 힘들다. 초콜릿도 방심하면 녹아 버리듯 기타도 관리를 소홀히 하면 기타줄이 녹슬고 넥(기타의 헤드와 보디를 연결하는 기다란 부분)이 휠 수도 있다.

새로 산 기타는 그레치(Gretsch) 제품인데, 전체를 하얀색으로 칠하고 하드웨어(기타줄을 연결하는 등 기타의 각 주요 부품)는 금장으로 멋을 냈다. 항상 무난한 기타를 고르는 나로서는 큰 모험이었다. 하지만 오후의 햇살을 받아 빛나는 '화이트 앤 골드'의 환상적인 조합은 보고만 있어도 내 영혼을 살찌울 것만 같았다. 게다가 보통은 중고를 사는데 이건 새 기타다. 좀처럼 중고로 나오지도 않고, 찾으면 찾을수록 꿈속에도 나올 정도로 간절해질 뿐이었다.

그러던 어느 날 유튜브에서 이 기타를 보고 있자니 문득 이게 뭐 하는 건가 싶었다. 탐색만 하며 애먼 시간을 보내느니 차라리 당장 사 버리자고 결심했다. 굉장히 합리적이거나 효율적인 과정을 거친 건 아니지만 결과가 꽤 마음에 든다. 가진 사람이 별로 없어서 소장 가치도 있고 캐릭터도 분명하다. 무엇보다 소리가 좋다. 하루도 거르지 않고 연주한다. 고전적 F 홀 풀 할로 보디에 빅스비 암을 장착한 데다 필터트론이라는 그레치 고유의 픽업이 달려 있어서 중후하고 깊은 맛을 내면서도 갇혀 있지 않은 소리를 낸다. 한마디로 굉장히 매력적이라는 뜻인데 마땅히 표현하기가 어렵다. 캘리포니아 바다에게 "너랑 가장 닮은 기타를 골라 줘."라고 한다면 그 대답은 이 기타일 것이다. 탁 트인 바다를 좋아한다면 좋아할 만한 소리다.

한편 내게 기타는 애증의 대상이기도 하다. 늘 관심이 생기고 연주하며 잘 돌보다가 떠나보내기도 하고 남겨 두기도 한다. 지금까지 만난 기타만 해도 어림잡아 백

대는 넘을 것이다. 지금은 여러 가지 이유로 다 떠나보내고 열 대 정도 남았다. 정리해야지 하면서도 이런저런 핑계를 붙여서 계속 남겨 둔 기타가 몇 대 있다. 백 대를 거치는 동안 남은 기타는 나를 꽤 닮지 않았을까 생각한다. 하지만 앞으로 평생 함께 할 거냐고 묻는다면 글쎄다. 한때는, 특히 처음 기타를 샀을 때는 그런 마음이 든 기타가 있긴 했지만, 지금은 없다. 기타뿐 아니라 어떠한 물건이든 '평생'이란 말을 쓰지 않기 때문이겠지. 살면서 깨달은 것 중 하나다. 함부로 평생을 운운하지 말 것. 인생은 예측하기 어려운 파도 같은 거니까.

직업 때문이겠지. 종종 기타를 추천해 달라는 부탁을 받는다. 그런데 내가 기타를 좋아하는 건 사실인가 보다. 그런 부탁에 단 한 번도 짜증 난 적이 없으니 말이다. 누군가에게 기타를 추천하는 건 신나는 일이다. 내가 느낀 기쁨을 함께 나눌 수 있을 거라는 막연한 기대일지라도 좋다.

기타를 추천하려면 먼저 예산을 알아야 한다. 다음은 연주 목적과 음악 취향을 묻는다. 마지막은 디자인이다.

머릿속에서 데이터를 취합해 두세 개 정도로 추리고 대답한다. 물론 대부분은 추천만 받고 실제로 사진 않는다. 뭐 그건 그 사람 마음이니까. 당장 사지 않더라도 언젠가 아, 그 기타를 추천받았지, 하고 살 수도 있는 거니까.

그런데 기타를 처음 치거나 치려는 사람들이 모르는 중요한 사실이 있다. 세팅이다. 세팅이 제대로 안 된 기타는 아무리 비싸도 제대로 된 소리를 낼 수 없다. 모든 악기가 그렇겠지만 기타도 정확한 음을 내야 제대로 연주할 수 있다. 기타 가격, 디자인, 하드웨어, 목재보다 세팅이 중요한 이유다. 세팅에 대해 말하자면 끝이 없기도 하고, 또 끝없이 말하기에는 그만큼 깊이 알지도 못한다.

아는 만큼만 짧게 정리하자면 우선 튜닝(조율)이 잘 맞아야 한다. 좋은 튜너기가 시중에 많지만 그마저도 정확히 맞추기가 어렵다. 기본적인 여섯 줄의 개방현을 튜닝하는 건 그나마 쉽다. 하지만 프렛(음을 조정하기 위해 구분해 놓은 칸)을 눌렀을 때도 개방현의 기본음과 한 옥타브 높은 같은 음이 나야 한다. 완벽하게는 아니어도 근사치는 되어야 한다. 이렇게 열두 프렛을 모두 맞춰야 한다. 그래야 안정된 연주를 할 수 있다. 아무튼 쉬운 일은 아니지만 중요하다는 것이다.

중요하지만 막상 실천하려면 귀찮은 일이 더러 있는데, 튜닝이 그렇다. 기타는 온도와 습도에 꽤 민감한데 우리나라는 사계절이 뚜렷하지 않은가. 이 뚜렷한 계절이 소리를 변덕스럽게 만든다. 대체로 여름은 고온 다습, 겨울은 저온 저습, 봄과 가을은 그날의 날씨에 따라 이랬다가 저랬다가. 이 변덕스러운 조건 때문에 기타가 감기에 걸리는데, 온도가 높아지면 우리 몸처럼 기타줄이 늘어지고 음이 내려간다. 기타줄의 강한 장력을 버티는 역할을 하는 넥이 한쪽으로 휘기도 한다. 나무로 만든 통기타의 경우 보디의 배가 불룩 나오기도 한다. 겨울에는 모든 게 반대고, 봄과 가을에는 이랬다가 저랬다가 한다. 귀찮은 마음에 튜닝을 하지 않아도 되는 기타가 나온다면 어떨까 생각해 보지만, 아마 그건 기타가 아닐 테지.

귀찮더라도 제대로 연주하려면 튜닝이 꼭 필요하다. 하물며 내 몸과 마음도 제대로 된 소리를 내려면 튜닝이 필요할 것이다. 나라는 악기는 사계절보다 더욱 변화무쌍한 환경에 노출되어 있으니까. 스스로 연주하려면 매 순간 신중한 튜닝이 필요하다. 음이 높으면 기타줄을 풀어 낮추고 음이 낮으면 기타줄을 조여 올리듯, 쓸데없이 긴장하거나 흥분한 상태여서 평정심을 잃지는 않았는지, 괜한 우울감에 축 처진 건 아닌지 살피고 대처해야 한다. 하지만 조심해야 할 점이 있다. 줄이 끊어지는 사태는 없어야 한다. 기운을 내 보려고 줄이 얼마나 팽팽한지, 얼마나 높은 음인지 모른 채 줄을 계속 감다 보면 툭 끊어지기 마련이니까.

자신을 너무 몰아세울 필요는 없겠지. 지금 자신이 어떤 상태인지 모른다면 잠시 멈춰서 자신의 소리를 내 보고 정확히 들어 보는 게 좋다. 나라는 악기가 내는 그 소리를 잊지 않고 기억했다가 조금씩 조율해 보는 것이다. 앞에서 말했듯이 쉽진 않겠지만 말이다. 기타는 튜너기라도 있지 사람에게는 그런 것이 없으니 더욱 어려울 터. 역시 귀찮은 일이다. 아, 그러고 보니 귀찮은 일은 대개 중요하다고 했지. 중요한 건 쉽지 않다고 했고.

만약 그때 그랬더라면

만약 그때 그랬더라면 그 사람도 그랬을까? 설거지하다 그런 생각이 불쑥 떠오르곤 한다. 그럴 때면 괜스레 어깨까지 긴장이 스멀스멀 올라온다. 겨우 생각만 했을 뿐인데. 어제도 이런 생각을 하다가 어깨에 긴장이 올라온 것 같은데. 클라이언트 때문이었지. 그제도 그랬는데. 그 친구 때문이었지. 아, 엊그제는 오래전 그녀가, 며칠 전에는 그 가게 사장님이 그리고 지난주에는 그놈 때문에. 그러고 보니 거의 매일 어깨가 뭉친다. 대상만 달라질 뿐. 결국 나 혼자 미련 가득한 후회를 매일 하는 셈이다. 이 무슨 바보 같은 생각의 연속인가 싶지만, 나도 모르게 말려든다. 대부분은 설거지할 때 시작된다. 매일 해야 하는 일이니 큰 변화가 없다면 앞으로도 그릇을 닦으며 후회의 시간을 갖겠지. 몸이 긴장하는 걸 보니 부정적인 일이 분명한데 도무지 고쳐질 여지가 보이지 않는다.

게다가 그 어떤 후회도 결국은 내 탓으로 귀결되고 만다. 찝찝하다. 남을 바꿀 수 없고 과거를 바꿀 수 없으니 결국 나를 탓하는데, 그 바람에 점점 못난 사람이 된다. 그릇은 깨끗해질지언정 정작 나 자신은 후회로 얼룩지고 마는 것이다.

어디서 본 것처럼 고개를 들고 숨을 쉬어 본다. 처음에는 한숨에 가깝다. 그래도 깊게 쉬면 얼룩이 지워진다고 믿는 사람처럼 크게 몰아서 쉬는 것이다. 조금은 도움이 되는 듯하다. 한숨을 크게 쉬고 나면 다음번에는 한숨이 심호흡처럼 차분해지니까. 그렇게 몇 번 크게 심호흡을 한다. 이제 괜찮아졌겠지? 하지만 고개를 숙이면 다시 후회가 밀려온다.

어쩌면 성격 탓인지도 모른다. 웬만해서는 잘 지내고 싶고 미움받기 싫어하는 성격. 누군가와의 관계가 조금이라도 틀어지거나 대화가 미덥지 않게 끝나는 걸 피하려고 한다. 어떤 노래든 마무리 코드는 마이너가 아닌 메이저로 끝내야 하는 강박을 가진 연주자처럼 사람과의 관계에서도 그 룰을 적용하려고 하는 것이다. 영화는 열린 결말을 좋아하는데 왜 그런지 모르겠다. 관계에서는 일시 정지를 해서라도 일단 해피엔드가 좋다.

살면서 죽을 만큼 누군가를 미워해 본 적이 없다. 그런 마음이 쉽게 나지 않을뿐더러 그러는 내 모습이 싫을 것 같다. 그래서일까? 미워하는 마음이 생기면 서둘러 덮어두려고 한다. 더 미워하고 싶어도 억지로 일시 정지를 누르는 것이다. 그러고는 마음 가장 깊숙한 곳에 감춘다. 그렇게 감춘 감정을 따로 쌓아 두는 창고가 있을 정도다. 그 정도로 미워하는 감정을 싫어한다. 어쩌면 끔찍이도 무서워하는 걸 테지. 그렇게 미움이라는 감정을 제대로 관찰하지 못한 채 어른이 되었다. 남을 미워하면 오히려 내가 미움받을 수 있다는 막연한 불안감 때문에 미움을 피하는 건 아닐까? 반면 무턱대고 주변 사람을 격렬하게 미워하는 사람도 있는데, 그런 사람은 후회가 없을까? 모르겠다. 속마음을 어떻게 알겠는가!

이 모든 건 엄청난 욕심 때문이다. 최대한 냉정하게 나를 분석한 결과다. 인간관계든 사건이든 돌이킬 수 없는 시간을 되돌려 결과를 바꾸고 싶은 욕심을 내니까. 결국 후회하고 싶지 않은 욕심이겠지. 적절하게 미워하지 못해서 되돌리려고 욕심내다 안 되니까 후회하고. 이 부정적 순환은 내가 날고자 할 때 내 발목을 잡을 것이다. 새장은 없지만 철사로 발목이 묶인 새처럼. 반드시 끊어야 하는데. 미움받지 않으려고 착한 척하는 이 오랜 철사만 끊어내도 훨씬 자유로워질 텐데.

선택지는 두 가지뿐인 것 같다. 더 나빠지거나 당장 멈추거나. 결론은 정해져 있겠지. 누구나 알고 있을 것이다. 후회해 봤자 아무 소용 없다는 것을.

설거지를 끝내고 커피를 내리며 결국 어쩔 수 없는 건 어쩔 수 없는 게 아닐까, 하는 생각이 들었다. 92도의 온수가 분쇄된 원두를 타고 여과지를 통과해 한 잔의 커피가 되는 것처럼 이제는 되돌릴 수 없을 테니까.

행복

내가 SF소설을 쓴다면 이렇게 시작할 것이다.

행복해지자는 말이 싫어서 지구를 떠났다.

요즘 들어 부쩍 여기저기에서 행복해지라고 강요한다. 반드시 행복해야만 사는 의미가 있는 것처럼 말이다. 하지만 집착하듯 행복해지려는 노력은 오히려 행복을 더 멀리 내쫓는 일 아닐까?

그런데 이 소설을 어떻게 끝내야 할까? 그렇다고 행복하고 싶지 않은 건 아닌데.

맞바람에 달리기

오래 달리는 게 좋다. 내 몸이 할 수 있는 행위 중 오래 달리기는 가장 극적이고 지속 가능한 움직임의 반복이다. 물론 춤이나 걷기 등 많은 운동이 그렇겠지만 '오래 춤추기' '오래 걷기' 등의 정식 운동 종목이 없기에 '가장'을 붙일 자격은 충분해 보인다.

어느 날 동생이 러닝을 시작한다는 말에 무심코 따라 나갔다 오래달리기를 시작했다. 러닝을 시작한 지 7년이 넘은 지금은 일주일에 한두 번 15킬로미터 정도를 쉬지 않고 달리지만 처음에는 500미터도 힘들었다. 처음부터 전속력으로 달렸기 때문에 금세 지쳐 버린 것이다. 러닝을 처음 하는 사람들은 보통 그런 시행착오를 겪을 것이다. 누군가를 앞지르고 싶은 마음에 가쁜 숨을 몰아쉬며 페이스를 잃거나 얼마 달리지도 못하고 털썩 주저앉는다. 하지만 그 고비만 넘기면 온전히 즐기기 좋은 운동이다. 게다가 내 멋대로 시작해서 천천히 내 능력에 맞게 다듬어 가는 방식으로 할 수 있으니 더할 나위 없이 좋은 운동이다.

그러고 보면 의미 있는 배움은 대부분 그렇게 시작된다. 우연한 계기에 시작했다가 빠져들어서 내 멋대로 진지하게 임한다. 그때가 진정한 시작이다. 계속 공부하고 연구하고 분석하면서 내 몸과 마음으로 습득하는 것, 그것이 배움이다. 음악도 그랬다. 누구에게 배운 적도 없이 무작정 시작해서 지금까지 계속하며 배우고 있다. 더 좋은 방향으로 가고 있다고, 성장해 나간다고 믿으며. 솔직히 지금 가는 이 길이 정말 좋은 방향이고 성장하는 건지는 잘 모르겠다. 누가 알겠는가! 하지만 내가 그렇게 믿고 다음 한 발자국을 디딜 수 있는 동력과 의지가 생기는 것만큼은 분명하다.

러닝은 그다지 제약이 없어서 하면 할수록 점점 더 좋아진다. 러닝화만 있어도 할 수 있다. 관련 용품을 하나씩 들이다 보면 끝도 없지만. 어쨌든 런닝화만 있으면 더워도 추워도 비가 와도 눈이 와도 할 수 있다. 다만 도저히 적응하기 힘든 게 하나 있는데, 바로 바람이다. 특히 맞바람을 온몸으로 받아 내며 달릴 때는 큰 시련이라도 닥친 기분이다. 보이지도 않으니 피할 수도 없다.

나의 러닝 코스는 왕복으로 15킬로미터 정도인데, 초속 4미터의 강한 바람이 부는 날이었다. 초반 7킬로미터까지 기록이 매우 좋아서 이대로라면 신기록을 달성할 수 있다는 기대감에 들뜬 마음으로 달렸다. 그때까지만 해도 막연히 내 실력이 좋아졌나 보다, 오늘 컨디션이 좀 좋은데, 생각하며 마냥 신이 났다. 그때까지는 이유를 몰랐으니까. 중간 7.5킬로미터 지점에서 되돌아오는 길에 들어서자마자 비로소 그 이유가 밝혀졌다. 바람이었다. 등 뒤에서 강한 바람이 나를 밀어 준 것이다. 지금부터는 맞바람에 맞서 달려야 한다는 뜻이기도 했다. 맞바람을 제대로 맞으며 달리니 정말 죽을 맛이었다.

맞바람을 계속 맞으니까 근육이 쉽게 지치는 게 느껴졌다. 게다가 방금 전까지 바람의 도움을 받으며 움직이던 근육이 내심 그 정도의 강도와 스피드를 바랐기에 밸런스까지 흐트러지기 시작했다. 중력이 배가된 것처럼 느껴졌다. 땀에 젖은 러닝복도 차갑게 식어 갔다. 축축

한 데다 차가운 상태로 가슴과 배에 계속 붙어 있으니 내장까지 차가워지는 기분이었다. 가뜩이나 장이 예민한 터라 자꾸만 그쪽으로 신경이 쏠렸다. 달리는 것 하나에만 신경 써도 모자랄 판에 차가워지는 내장까지 신경 써야 한다니! 분하지만 어쩔 수 없지. 이 싸움에서 벗어나는 방법은 하나뿐이다. 이런저런 불평은 마음 한구석 저 멀리 던져 놓고 몸을 숙인 채 남은 거리를 열심히 달리는 것뿐.

밴드

밴드. 설레면서도 왠지 답답해지는 단어다. '밴드는 무엇과 같다'라고 쓰고 싶어 곰곰이 생각해 봐도 잘 떠오르지 않는다. 역시 밴드는 밴드일 뿐인가? 대신할 만한 건 정말 없는 걸까?

고등학교 스쿨밴드를 포함하면 지금까지 다섯 팀의 밴드 활동을 했다. 이 밴드 저 밴드 옮겨 다니는 저니맨(떠돌이)보다 몸담은 밴드는 적지만 꽤 오래도록 밴드 활동을 한 셈이다. 밴드를 시작한 이유는 세 가지다. 첫째, 내가 좋아하는 밴드의 사운드 같은 걸 만들고 싶은데 혼자서는 불가능했다. 둘째, 음악은 혼자서 할 때보다 여럿이 함께 하면 더 재미있다. 셋째, 기타, 베이스, 키보드, 드럼에 보컬까지 혼자서는 어느 수준 이상이 힘든 만큼 반드시 상호 보완적 연주가 필요하다.

하지만 밴드를 결성해도 그 세 가지 조건을 모두 만족하기란 여간 어려운 게 아니다. 우선 닮고 싶은 사운드를 기대하며 연주를 시작하지만 막상 그 결과물은 전혀 다른 것이 된다. 오랜 시간 합을 맞춘 밴드의 사운드를 어떻게 따라간단 말인가. 게다가 거대한 자본을 들여 녹음하고 편집한 스튜디오 리코딩(recording) 사운드라면 더 말할 것도 없겠지. 리코딩은 최고의 순간과 아이디어를 겹겹이 쌓아 올려 만든 이데아적인 것이니까. 도무지 비교할 수가 없는 것이다.

그리고 음악은 확실히 함께일 때가 좋다. 혼자 듣는 것보다 함께 공감하며 들으면 즐거움이 배가된다. 듣는 것도 더 즐거운데 함께 연주하면 얼마나 더 좋을까? 하지만 같은 구간을 계속 틀리거나 톤을 제대로 준비하지 못한 멤버가 있기 마련이고, 그렇게 두 시간이고 세 시간이고 그 소리를 반복해서 듣다 보면 과연 이게 즐거움을 위한 것인지 의문이 든다. 고문에 가깝다.

꾸준한 상호 보완적 연주라는 것도 환상에 가깝다. 멤버마다 음악 역량과 노력이 달라서 균형적으로 발전하지 않는다. 음악 취향도 완벽하게 같을 수 없으니 그 발전 방향이 같을 수 없다. 결국 보폭이 맞지 않으면서 서로를 탓하는 경우가 생긴다. 한 사람의 모자란 부분을 다른 사람이 메우다 보면 과부하가 걸리는데, 끝내는 폭발하거나 누구 하나는 지쳐 버린다.

마지막으로 한 가지 더 있다. 밴드 활동을 하면서 바로 이윤이 날 거라고 생각하면 오산이다. 이윤이 발생할 확률은 낮다. 발생한다 하더라도 멤버 수만큼 나눠야 하고, 운 좋게 밴드가 인기를 얻어도 멤버마다 인지도가 차이 나기 시작하면 그 또한 나름대로 문제가 생기기 마련이다. 아무리 공평하게 나누자고 했어도 반드시 욕심나는 게 사람이다.

아, 생각났다. 굳이 말하자면, 밴드는 계주 같은 거다. 한 팀이 되어 목표를 정하고 일정한 거리를 달리는 것이다. 1번부터 4번 주자까지 최선을 다해 자기 역량껏 열심히 뛰는 것이다. 저마다 속도가 다르니까. 1번 주자가 지칠 만할 때 2번 주자가 배턴을 이어받아 전속력으로 달려간다. 2번 주자가 지칠 때는 3번 주자가, 다시 3번 주자가 4번 주자에게 배턴을 건네준다. 하지만 연주는 동시에 진행되는 게 아니냐고 묻는다면, 계주 또한 배턴을 넘겼다고 끝나는 것이 아니다. 다리는 멈춰도 그 호흡은 4번 주자가 달리기를 끝낼 때까지 함께 달린다. 그렇다면 솔로 활동은 마라톤 같은 거겠지. 배턴을 이어받을 다음 주자 없이 오롯이 혼자서 달리니까. 자신이 배턴인 셈이다.

밴드를 시작하고 싶어 하는 사람은 많을 것이다. 아무것도 모르지만 막연한 동경심으로 시작하려 할 것이다. 여러 번 경험하고 지쳤더라도 또다시 시작하고 싶은 사람도 있을 것이다. 밴드는 다른 무엇과 비교할 수 없는 매력이 있는 게 분명하다. 밴드만이 지닌 아날로그적이고 비효율적이지만 심장이 꿈틀거리는 멋이 있다. 거의 모든 리코딩 작업이 디지털로 대체되는 요즘이지만 그 특유의 아날로그적 질감과 여럿이 합을 맞춰야 하는 비효율적인 멋은 결코 대체될 수 없다. 멤버마다 하나의 사운드를 위해 차곡차곡 블록을 쌓아 올리면, 그 열기가 공기와 만나 설명할 수 없는 묘한 화학작용을 일으켜 한꺼번에 폭발한다. 그렇게 하나의 음악이 되는 것이다. 그렇게 뜨거운 작품이 완성되는 것이다.

부쩍 밴드 음악이 줄어든 요즘이지만, 밴드는 앞으로도 계속 생겨나고 없어질 것이다. 70대 할아버지가 되어서도 기타나 베이스를 들고 합주할 만한 할아버지 할머니 친구가 동네에 한두 명 있다면 정말 행복할 것이다. 그때쯤이면 합주도 메타버스에서 하려나? 그러면 70대든 10대든 상관없을까? 아니다. 아무래도 밴드라면 같은 공간에서 같은 공기를 느끼며 함께 높고 낮은 파도를 타는 느낌이 들어야 한다. 그나저나 70대 할아버지가 되면 보청기를 끼고 있을지도 모르는데, 인이어 모니터(in-ear monitor, 연주하는 소리를 정확히 확인하기 위해 귀 안에 넣는 연주자용 이어폰)는 어떻게 하지?

부지런

한 동네에서 오래 산 예술가를 찾는 문화 재단의 인터뷰에 참여한 적이 있다. 지금은 다른 곳으로 이사했지만, 서울답지 않게 소박한 은평구 증산동에서 13년을 살았다. 보통 창작하는 사람들은 거처를 자주 옮기는 편이라 13년이면 제법 오랜 시간이다. 그 긴 시간 동네는 달라진 게 거의 없었다. 해가 갈수록 인구가 조금 늘었을 뿐. 서울에서 가장 천천히 변하는 동네일 것이다.

인터뷰 장소까지 불광천을 따라 걸었다. 인터뷰어가 불광천에 대해 물으면 어떻게 대답해야 할까? 말로는 다 설명하기 힘든 추억과 지나치게 사적인 기억이 겹겹이 쌓여 있는데, 그중 어떤 부분을 소개해야 할지 몰랐다. 어쩌면 표면만 얘기하다 인터뷰가 끝날지도 모르지만 불광천을 따라 걷는 내내 그런 고민을 했다.

인터뷰어는 예전부터 알고 지낸 음악평론가였다. 그를 좋아하지만 음악평론가보다는 다른 전문가와 인터뷰하는 게 나았을 텐데. 그는 내 음악 생활의 지층을 한 겹 한 겹 벗길 수 있지만 이 동네의 추억에 대한 지층은 벗기지 못할 것만 같았다. 아니나 다를까 인터뷰가 시작되고 동네 얘기를 하는가 싶더니 바로 음악으로 넘어갔다. 물론 음악에 대한 것도 좋지만 동네 얘기를 더 하고 싶었는데. 아쉬웠다. 하지만 인터뷰 덕분에 많은 생각을 했다. 좋았다. 무엇보다 인터뷰어는 내가 처음 만든 음악부터 최근에 발표한 곡까지 전부 다 다시 듣고 왔는데, 그 점이 고마웠다. 당연하다고 생각할지 모르지만 안 그런 인터뷰어가 정말 많다. 기사나 앨범 사진만 대충 보고 음악은 전혀 듣지 않은 채 인터뷰하는 사람을 많이 만났다. 그럴 때마다 조금은 상처를 받는다. 물론 바빠서 그렇다고 이해하지만 아쉬움이 크다.

그는 내가 음악을 오래 한다고 말했다. 내 일과를 듣고 나서는 아주 부지런하다고 했다. 부지런하다는 말은 자주 듣는 편이다. 나도 부지런한 편이라고 생각한다. 부지런의 기준이 모두 다르기에 실제로 정말 그런지 잘 모르겠지만. 그래도 더 부지런해져야 한다는 말을 들어 본 적이 별로 없으니 그런 편인 거겠지. 그렇다고 몸에 밴 부지런이 꼭 자랑은 아니다. 쉴 때 마음 편히 쉬지 못하고, 몸은 쉬더라도 머리는 계속 일하니까. 쉬는 것도 더 열심히 일하기 위해 쉬는 거라는 생각이 없지 않다. 그러니 쉬는 것 자체를 즐겨 본 적이 없다. 어쩌면 먼 훗날 이런 내 모습이 싫증 날지도 모른다. 할 일도 없는데 쓸데없이 부지런한 할아버지가 된 나를 상상해 보면 어쩐지 끔찍하다. 이제부터라도 쉬는 걸 배워야 하려나. 방향을 잘 정해야겠다. 좋은 방향이 아니라면 분명 여러 사람 귀찮게 할 게 분명하니까.

인터뷰가 끝나 갈 무렵, 그는 이토록 부지런하게 움직이는 이유를 물었다. 딱히 생각해 본 적도 없는데 미리 준비한 것처럼 "좋아하는 것을 지키기 위해서요."라고 곧바로 대답했다. 갑자기 대답한 거지만 그 말이 썩 마음에 들었다. 갑자기 〈몽상가의 감기〉 노랫말이 떠올랐다.

꿈꾸는 사람이 좋아하는 것을 지켜 내야 할 때

하마터면 인터뷰 중에 노래까지 흥얼거릴 뻔했다. 공연에서 이 곡을 부를 때면 마음에 파도가 친다. 아무래도 내 이야기다 보니 감정이 많이 들어가서 그런 것 같다. 몽상가로 살기 위해 얼마나 많은 감기에 걸리고 또 이겨냈던가. 하루에 수차례나 겪은 적도 있다. 이건 음악 하는 사람에게만 한정된 것이 아니다. 꿈을 가졌거나 이루고 싶은 목표에 도전하는 모든 사람의 이야기다. 밀려오는 고민과 좌절이 몸을 으슬으슬하게 하고, 현실의 차가운 벽은 몸과 마음을 얼게 만든다. 어찌어찌 여기까지 흘러왔지만 앞이 보이지 않을 때는 실오라기 같은 희망조차 보이지 않는다. 그렇게 감기에 걸리는 것이다.

좋아하는 음악과 뮤지션인 나를 지키고 싶다. 물론 마음만으로는 되지 않는 일이다. 한 달 정도는 몰라도 금세 현실 문제에 부딪히니까. 그래서 음악의 끈을 놓지 않으며, 어쩌면 그러기 위해서 순수 창작 활동 외에 음악에 관련된 다른 일도 한다. 그런 이유로 다른 사람에게는 내가 부지런해 보이는 거겠지. 그렇듯 15년 넘게 일하다 보니 창작 외의 일도 음악의 범주가 되어 간다. 내 음악 세계의 확장인 것이다. 순수 창작 활동인 앨범 작업도 꾸준히 하지만 틈틈이 광고 음악과 로고송도 만드는데, 같은 창작이지만 클라이언트가 있는 음악은 조건이 많아서 순수 창작 활동이라고 보기 어렵다. 문화예술교육 일도 하는데, 학생들을 만나 음악 창작을 돕는 동안 많은 영감을 받는다. 신선한 작법과 트렌드를 배우기도 한다. 전부 다 내가 좋아하는 것을 지키기 위해 하는 일이다. 새벽에 일어나고, 틈틈이 러닝을 하고, 돈을 벌기 위해 일하고, 절약하며 부지런히 움직인다. 좋아하는 것을 지키기란 마음만으론 부족하다는 걸 나이 들수록 새삼 느끼고 있다.

부지런! 명사지만 혼자 쓰이면 어쩐지 어색한 낱말이다. 그래서 이 부지런의 방향이 과연 맞는 쪽으로 향하는지 의심이 들 때가 있는 걸까? 만약 아니라면 어쩌지? 잠시 부지런을 멈추고 생각한다. 음, 모르겠다. 뭐 부지런히 살다 보면 깨닫겠지.

비와 우쿨렐레

어린아이는 외로우면 울고 싶어 하는데, 나이 든 사람은 말을 많이 하고 싶어 하는 것 같다. 그 두 가지가 동시에 나타나기도 하는데, 누구나 한 번쯤은 울면서 말하는 사람을 본 적이 있을 것이다. 자신이 그러고 싶은 때도 있을 거고. 어젯밤에 비가 내렸는데 나도 그랬다.

누구를 만나고 싶고, 빗소리를 함께 듣고 싶고, 어두운 하늘에서 비가 내리는 그 순간을 같이 느끼고 싶었다. 부드러운 이야기를 하면서. 먹고사는 것보다는 추억이나 소중한 마음 같은 거겠지. 적당한 웃음이 빗물에 스며들 때 술이나 커피 한잔을 머금을 수 있으면 더 좋고.

늦여름치고 제법 많은 비가 내리는 날이었다. 자동차 보닛과 천장으로 빗물 부딪히는 소리가 근사했지만, 부지런히 빗물을 닦아 내는 앞 유리 와이퍼가 무색할 정도였다. 잠시 갓길에 차를 세웠다. 이럴 때 우쿨렐레가 있으면 좋을 텐데. 비 오는 날은 뭐든 특별하겠지만 악기 연주는 그 특별함에 근사함까지 있다. 빗소리라는 악기가 더해지기 때문이겠지. 특히 우쿨렐레로 Am 코드를 연주하면 묘한 기분이 든다. 청량한 우쿨렐레 음색에 마이너 코드라니. 달콤하지만 쌉싸래한 맛이 느껴진다. 유쾌한 울음 같다고나 할까?

공연하러 도쿄에 갔을 때 오차노미즈의 악기 골목에서 처음 그 우쿨렐레를 만났을 때도 그랬다. 너무 맑아서 슬픈 느낌이었다. 점원이 추천한 코아나무로 만든 하와이산 우쿨렐레 소리를 듣는 순간, 꽤 비쌌지만 안 살 수가 없었다. 지금처럼 여름이고 비가 오는 날이라 행여 비싼 악기가 젖을까 하드케이스까지 사서 한국으로 돌아왔다.

골방에 앉아 우쿨렐레를 연주하면 기분 전환에 그만이었다. 비까지 내리면 더없이 좋았다. 지금 그 우쿨렐레는 내 손에 없다. 친한 친구에게서 돌아오지 않았다. 그가 다니던 회사가 브랜드의 작지 않은 캠페인을 맡으면서 나에게 음악을 부탁했는데, 그때 친해졌다. 음악 이야기를 하다 보니 제법 말이 잘 통했다. 내가 맡은 작업은 20초짜리 모션 영상 서너 개에 음악을 넣는 거였다. 영상에 나오는 캐릭터도 내 취향이고 소통도 원활해서 유쾌하게 작업할 수 있었다. 게다가 그 친구와의 계약으로 꽤 큰돈까지 받았다. 나중에 알았는데, 음악에 그 정도 금액을 쓰는 것에 팀원들이 큰 불만을 가졌다고 한다. 그렇다고 준다는 돈을 거절할 이유는 없었다. 그 계약금이면 음악 생활을 1년 더 연장할 수 있으니까. 프리랜서라면 알겠지만 일은 들어왔을 때 해야 하고, 돈은 준다고 했을 때 받는 게 좋다. 언제 어떻게 상황과 기한과 내용 그리고 금액이 변동될지 모르니까. 아무튼 그 친구가 우쿨렐레를 쳐 보고 싶다는 말에 덜컥 빌려 주고 지금까지 돌려받지 못했다. 우쿨렐레에 대해 두 번 정도 물었는데 대답이 없다. 차마 말할 수 없는 사정이 있겠지. 앞으로도 돌려받기는 힘들 듯하다.

비는 좀처럼 그칠 생각이 없어 보였다. 운전석 창문을 살짝 내리고 손바닥을 내밀어 비를 느낀다. 살아 있다! 왠지 모를 희열이 느껴졌다. 나는 여전히 감각할 수 있고, 그 소중함도 느낄 수 있다. 우쿨렐레 대신 젖은 손으로 운전대를 잡고 시동을 켜고 다시 도로에 합류했다. 이 비는 내일까지 내린다고 한다.

소중한 것

소중한 것이 없다면 과연 우리네 삶이 어떨까. 소중하지 않은 것에 많은 시간을 들이다 보면 일상이 허무해질 때가 있는 건 확실하다. 누구나 이런 감정을 느껴 봤을 것이다.

해마다 한 달 가까이 매달려 작성해야 하는 보고서가 있는데, 그 작업에 익숙해져서 그런지 몰라도 할수록 스트레스는 줄지만 좀처럼 집중되지 않는다. 의무적으로 해야 할 일이기에 할 뿐이다. 게다가 3분간 보고서를 작성하는 일이 기타 연주를 세 시간 연주한 만큼 체력을 소모하는 듯하다. 기타 연주를 할 때 손가락을 훨씬 더 많이 움직일 텐데도 말이다. 보고서 작성에 집중이 안 되는 이유는 많겠지만 아무래도 그 일을 소중하게 여기지 않아서일 것이다. 사람이란 소중한 게 생길 때 비로소 집중하는 법이니까. 일이든 연애든. 세상사 모두 그렇지 않을까?

음악도 그렇다. 음악을 만들려면 끊임없이 소중한 것을 찾아내야 한다. 멜로디를 만들고 가사를 붙이는 일 이전에 뮤지션이 해야 할 가장 중요한 일일 것이다. 가끔은 뮤지션이 별난 예술가처럼 느껴지기도 하는데, 보이지 않는 소중한 것을 발견하여 사람이 들을 수 있는 언어로 바꾸는 일을 하기 때문이다. 음악은 단순히 색이나 모양을 연상시키기도 하고, 나아가 지난 시간이나 장소, 잊고 지내던 누군가를 떠오르게 하며, 잊었던 기억까지 생생하게 되살리기도 한다. 눈에 보이지 않기에 더 깊이 스며든다. 그 매력과 힘 때문에 지금까지 음악의 끈을 놓지 않는 거겠지.

어릴 때는 아무런 재능이 없다고 생각했다. 실제로 그래 보였다. 재능이 많은 친구를 보며 부러워했을 뿐이니까. 그런 친구는 어디에나 한 명씩 꼭 있다. 무엇이든 잘한다. 수학 문제도 잘 풀고 100미터 달리기도 잘한다. 글짓기도 잘하고 축구도 잘하고. 선생님들은 누구나 재능이 있다고 입버릇처럼 말했지만 나는 믿지 않았다. 직접 보고, 느끼고, 확인했기에 그 말을 믿지 않았다.

무엇이든 나보다 쉽게 해내는 그 친구가 마냥 부러웠다. 초등학교 때 특별 활동으로 라디오 조립을 했다. 지금은 없어졌겠지만 그때는 제법 과학 활동에 속했다. 고사리손으로 인두를 들고 납땜해서 직접 라디오를 만드는 시절이었지. 하지만 특별 활동 내내 라디오 기판을 잘 완성하는 데만 집중할 수 없었다. 그 친구가 언제라도 라디오 조립 반에 불쑥 들어올 것만 같았다. 그는 선망의 대상이기도 하지만 가장 피하고 싶은 대상이기도 했다. 그가 나타나는 순간 지는 기분이랄까? 그래서 뭔가를 하기 전에 항상 그 친구를 주의 깊게 관찰하는 습관이 생겼고, 흥미로운 사실을 발견했다. 그는 한 가지에 꾸준한 관심을 두는 법이 없었다. 내가 학교에 작은 모터가 달린 조립식 미니카를 가져오자 그 친구는 매우 신기해했다. 역시나 며칠 후 그는 똑같은 미니카를 손에 들고 학교에 왔다. 경주는 피할 수 없었고, 예상대로 그 친구가 이겼다. 하지만 한 주가 지나자 그는 미니카를 가져오지 않았다. 나를 포함한 다른 아이들이 펼치는 흥미진진한 경주에도 관심이 없었다. 어떻게 그럴 수 있는지 궁금했다. 나라면 더 독보적으로 잘하고 싶어서 무척 아끼고 노력할 텐데. 그는 그러지 않았다. 단순히 어린아이의 성취욕이었을까? 잘하는 게 없는 나로서는 신기할 따름이었다. 그 후로도 몇 년은 더 미니카를 소중히 아끼며 가지고 놀았다. 당시에는 '마니아'라는 단어를 몰랐지만 상당한 마니아였다. 미니카 마니아.

'집중'이라는 단어는 학교 공부를 할 때만 쓰는 건 줄 알았다. 나도 공부를 잘하고 싶었다. 1등까지는 아니어도 상위권 학생이고 싶었다. 그런데 온종일 열심히 공부하지는 않았다. "짧은 시간이라도 집중력 있게 공부하는 게 중요해."라는 선생님의 조언을 굳게 믿었다. 하지만 짧은 시간 공부하는 것도 쉬운 게 아니었다. 도통 집중력이 생기지 않았다. 공부에는 그다지 관심이 없다는 걸 몰랐다. 좋은 성적을 받고 싶은 욕심은 있지만 공부가 소중하지는 않았던 것이다. 공부한다고 앉아 있지만 수시로 책상 서랍을 열어 미니카를 만지작거린 걸 보면 공부보다 미니카를 더 소중히 했나 보다. 그 후 미니카보다 더 소중한 게 생겼는데, 바로 음악이다. 음악을 통해 집중하는 방법도 배웠다. 음악에 빠지자 알아야 할 게 늘었다. 음악이 공부가 되고, 선생님이 말한 '짧은 시간의 집중력'도 깨달았다. 그 조언은 지금도 유효하다. 지하철 한 정거장을 지나는 동안 후렴구를 완벽하게 완성한 곡도 있으니까.

오랜 시간 미니카와 음악을 통해 집중력을 높이려고 터득한 방법들이 있는데, 그중 하나는 소중한 걸 줄이는 것이다. 소중한 게 많다는 건 부자라고 말할 수도 있지만 그만큼 소중히 다뤄야 할 게 많다는 의미다. 하지만 물리적 시간과 노력은 유한하기에 그 많은 걸 모두 챙길 수 없어서 줄인 것이다. 사실 잘하는 게 많지도 않고. 인기 있는 게임을 해 보려고 해도 오히려 긴장만 될 뿐이고, 당구나 축구, 농구 등은 민폐만 끼친다. 그러고 보면 미니카 시절을 졸업하고 소중한 것은 음악뿐이네. 잘할 수 있는 것도 음악뿐이고. 아, 요즘은 글쓰기도 하고 있구나. 러닝도 하고. 그 소중한 것들만이라도 잘 지켜 내고 싶다.

집중력이란 소중한 것을 오래도록 아끼는 힘이 아닐까? 음악은 눈에 보이지 않기에 마음의 공기에 집중해야 한다. 글쓰기도 그렇다. 글씨는 눈에 보이지만 소중한 것은 글이 주는 이야기다. 보이지 않는다. 러닝도 거리나 속도는 보이지만 소중한 것은 달리는 마음이다. 그러고 보면 다행인지 불행인지 몰라도 내가 소중히 여기는 것들은 다 눈에 보이지 않는다. 어쩌면 모든 사람에게 소중한 것도 그럴 터다. 사랑이나 우정, 기도, 온기를 품은 눈빛. 그 외에도 많다. 돈이나 집, 차도 결국은 여유를 갖고 싶은 걸 테니까.

스튜디오의 유령

딱히 귀신이나 유령을 믿지 않는다. 그 비슷한 걸 본 적이 없기도 하고, 지금은 21세기 아닌가. 하지만 가끔 어떤 곳에 가면 아무 이유 없이 몸이나 기분이 안 좋아지는 걸 느낄 때가 있다. 특유의 오싹함과 함께. 그 대표적인 공간이 바로 리코딩 스튜디오다.

일산 백석역 근처의 음반사 스튜디오에서 처음으로 리코딩 작업을 했다. 지하로 향하는 계단을 내려가 번호키를 누르고 안으로 들어가면 입구부터 응접실까지 수많은 LP, CD, 음반 포스터, 음향 기기, 뭐가 들었는지 알 수 없는 택배 상자가 가득 쌓여 있었다. 24시간 동안 환풍기가 돌아갔지만 먼지는 그대로인 듯했다. 전혀 햇빛이 들지 않는 지하실이라 여름 특유의 눅눅하고 서늘한 공기에서 퀴퀴한 곰팡냄새가 났다. 곳곳에 놓인 재떨이도 한몫했겠지. 응접실 오른쪽은 서너 개의 책상이 놓인 사무실로 사용했고, 왼쪽이 스튜디오였다. 스튜디오 문은 방음에 제법 신경을 썼는지 두 겹인데, 하나는 비교적 멀쩡했지만 다른 하나는 잘 열리고 닫히지 않았다. 몸에 힘을 실어서 밀고 당겨야 했다. 스튜디오 안에는 음반사 사장님의 베이스, 앰프, 페달들과 다른 밴드가 두고 쓰는 드럼과 기타 앰프 등이 있었다.

첫 앨범 대부분은 이미 홈 리코딩으로 마친 상태여서 스튜디오 리코딩을 하려니 시작도 전에 마음이 불편했다. 조금 전까지만 해도 시골의 맑은 햇살을 느끼며 여유와 호기심 가득한 마음으로 작업했는데, 이곳에서는 모든 게 부자연스러웠다. 나만의 공간이 아니기 때문이겠지. 게다가 시골 작업실에서 녹음할 때는 간단한 장비로 직접 녹음 버튼을 누를 수 있었지만, 스튜디오의 시스템은 복잡했다. 컴퓨터, 오디오 인터페이스, 믹서, 멀티케이블, 콘덴서 마이크가 순서대로 연결되어 있었다. 간단히 설명하자면 시골 작업실은 '소리→마이크→테이프 리코더'인데, 스튜디오는 '소리→마이크→멀티케이블 박스→믹서→오디오 인터페이스→컴퓨터'였다. 그

개념과 하드웨어의 기능을 제대로 모르는 나와 동생은 처음 세 시간 동안 단 한 소절도 녹음할 수 없을 정도로 복잡했다.

그 후 좋은 리코딩 스튜디오도 많이 경험했다. 하지만 스튜디오는 기본적으로 지하에 있다. 지하는 사방이 땅속이라 위로 올라가거나 위에서 내려오는 소리만 신경 쓰면 된다. 음향을 위한 방음, 흡음을 생각하면 당연하다. 물론 대형 기획사나 작곡가의 스튜디오는 예외지만, 지상에 있어도 창이 작거나 아예 없는 경우가 대부분이다. 문제는 음향을 위한 그 폐쇄적 환경이 녹음에는 좋지만 사람에게는 아주 별로라는 점이다. 많은 뮤지션이 녹음을 오래 하면 다크서클이 생기거나 핼쑥해지거나 피폐해진다. 햇빛도 없고 공기도 좋지 않은 곳에서 음악적 고충까지 더하니 피할 수 없는 결과인 셈이다.

그렇게 음습하고 고된 장소에는 괴담이 빠질 수 없다. 녹음하다 귀신을 보거나 스튜디오 구석에 유령 같은 괴물체가 있는 걸 봤다는 가수나 엔지니어의 경험담을 많이 들었다. 심지어 유명 가수들 사이에서는 스튜디오에서 귀신을 보면 음반이 대박 난다는 루머도 있다. 생각해 보면 귀신을 볼 정도로 열심히 한 결과물이기에 대박 날 만큼 완성도가 높다는 뜻이 아닐까 싶기도 하다. 하지만 누가 그런 의미까지 생각할까? 귀신만 기억에 남는데…….

가장 기억에 남는 괴담은 유명 작곡가의 이야기다. 직접 들은 건 아니고 아는 밴드 멤버에게 들었다. 그 친구 말에 의하면 영적인 존재는 소리를 좋아한다. 그래서 귀신은 소리가 있는 곳에 많다고 한다. 기우제를 지내거나 굿을 할 때도 소리와 음악이 함께 하지 않는가! 당연히 스튜디오에도 귀신이 많을 수밖에. 이제 와 생각해 보면 그 친구는 이야기를 효과적으로 전달하고 설득하기 위해 전제를 잘 깔고 가는 입담꾼이었다.

"그 작곡가가 지하 스튜디오에서 혼자 믹싱(mixing, 여러 소리를 혼합하여 하나의 마스터 트랙에 담는 과정)을 하고 있었어. 그 사람이야 워낙 작업을 디테일하게 하기로 유명하니까 녹음실에 꽤 오래 있었나 봐. 음악을 계속 만들고 듣고 수정하고, 다시 듣고 또 들었겠지. 그런데 갑자기 기분이 이상하더래. 누군가 자길 쳐다보는 기분도 들고. 그래서 홱 돌아봤는데 다행히 아무도 없었어. 조금 찝찝하지만 그렇게 계속 작업을 하는데 분명 누군가 지켜보는 기분이 가시질 않는 거야. 다시 뒤를 돌아보려고 고개를 돌리는데, 한구석에 있는 스피커 위에서 무언가와 눈이 딱 마주쳤어! 아기 귀신이 스피커 위에 다소곳이 앉아 음악을 들으며 그 작곡가를 가만히 보고 있었던 거야."

그 말을 듣자 희멀건하고 동글동글한 아기 귀신이 스피커 위에 앉아 턱을 괴고 음악을 듣는 모습이 떠올랐다. 아기 귀신이라고 하니까 엄청 무섭지는 않아도 역시나 귀신 자체는 껄끄럽다.

그 작곡가를 만나서 직접 물어볼 기회가 없었기에 소문의 진위 여부를 확인하지 못했다. 하지만 꽤 오랫동안 작업 중에 스피커 위를 보려고 하지 않았다. 믿지는 않지만 두려움은 마음 어딘가에 새겨졌나 보다. 정말 유령이 있다면 어떤 이유로 스튜디오를 찾는 걸까? 하기야 모든 존재는 나름대로 끌리는 게 있을 테니까.

지금은 스튜디오 리코딩에서 홈 리코딩으로 돌아왔다. 여전히 녹음 장비는 단출하지만 녹음 장비가 상향 평준화되었기에 평균 이상의 퀄리티를 보여 준다. 보급형

조차 10년 전 최고 사양을 가뿐히 넘으니까. 게다가 그동안 이런저런 경험을 통해 노하우가 생겨서 특별한 작업이 아니라면 홈 리코딩을 고집하는 편이다.

커피를 한 잔 내려서 작업하는 동안 천천히 마시는 걸 좋아한다. 칼리타 드리퍼에 케냐AA 원두를 20그램 정도 넣고, 85도의 물로 85초 동안 뜸을 들이고, 1차로 80밀리리터를 먼저 추출하여 70밀리리터의 따뜻한 물을 섞는다. 적당한 깊이의 깔끔한 맛이 그만이다. 투명한 머그컵에 마시면 더 좋다. 커피를 가지고 책상에 앉아 잠시 창밖의 구름을 바라본다. 몽글몽글한 구름이 종종걸음으로 남쪽을 향한다. 작업 테이블 옆에 놓인 홍콩야자의 활기찬 초록빛을 가만히 바라본다. 커피와 바람과 구름 그리고 초록빛까지 더하면 어떤 맑은 기억이 떠오를 것만 같다. 이곳에 스튜디오의 유령 따위는 없다. 자, 이제 그럼 커피 한 모금에 한 음절씩 녹음해 볼까.

야간 운전

혼자 있는 시간. 내가 투명함을 잃지 않게 해 주는 시간이다. 끊임없이 누군가의 영향을 받는 터라 투명함을 지키는 건 쉽지 않다. 투명함을 지켜 내는 건 소중하다. 그래서일까? 야간 운전을 좋아한다. 깜깜한 밤 작은 차 안은 온전한 내 공간이니까. 계절에 상관없이 종종 창문을 살짝 내려 바깥공기를 느껴 본다. 흐르는 공기 중에 숨을 내쉬는 것만으로도 긴장이 풀린다.

음악도 낮 시간보다 달콤하다. 즉흥적으로 떠오르는 노래를 들을 때도 있지만 운전할 때만큼은 라디오를 선호한다. 약간의 대화와 음악이 좋다. 대화를 통해 문제를 해결하기도 하고 책이나 음반, 영화도 소개해 준다. 야간 운전 중에 듣는 심야 라디오는 운전자를 배려한다. DJ는 항상 적당한 거리를 유지하며 대화나 이야기를 엿들을 수 있도록 한다. 너무 튀거나 가라앉지 않는 선에서 말하고, 웃고, 음악을 소개한다. 그 적당한 차분함과 활기가 운전에 더 집중하도록 도와준다.

야간 운전을 하면서 새로 만든 곡을 테스트할 때도 있다. 80킬로미터로 정속 주행을 하면 적당한 엔진 소리와 함께 타이어와 지면의 마찰음이 들린다. 그런 상태에서 새로 만든 곡을 들어 보는 것이다. 사람들이 음악을 가장 많이 듣는 장소가 차 안이기도 하고, 작업실과 다른 환경에서 해 보는 청음 테스트는 많이 할수록 좋다. 평상시 듣지 못한 것이 들릴 때가 있는데, 특정 주파수가 튀거나 악기의 밸런스가 맞지 않는 것도 찾아낼 수 있다.

꼭 테스트가 아니더라도 작업용 스피커 대신 자동차 스피커로 작업한 곡을 들으면 낯설고, 가끔 설렌다. 수백 번 들었을 똑같은 음악도 완전히 다른 기분이 드는 것이다. 아마도 풍경 때문이겠지. 서울 시내는 항상 무언가로 반짝이고 빛난다. 낮 동안 한강 주변에서는 강물이 반짝이고, 도심에서는 높은 빌딩의 유리창이 반짝인다. 밤에는 일정한 간격의 가로등과 건물에서 새어 나오는 불빛, 자동차의 헤드라이트가 제자리에서 혹은 움직이며 빛난다. 특히 여름밤 한강대로변의 가로등은 습기를 잔뜩 머금고 번지는 빛 때문인지 다정한 느낌마저 든다. 솜사탕의 아지랑이 같다.

하지만 시외로 조금만 나가도 빛의 간격이 멀어진다. 빛의 밀도는 인구밀도와 비례한다. 빛은 사람과의 거리인 셈이다. 야간 운전을 좋아하는 가장 큰 이유일 것이다. 사람과의 거리도 차들과의 거리도 건물과의 거리도 모두 멀다. 그래서 조급함이 사라진다. 있더라도 버릴 수 있다. 몇 년 전 일주일에 두 번씩 300킬로미터 정도 장거리 운전을 할 일이 있었다. 음악치료사로 일하던 시기다. 전국 프로젝트라 먼 거리를 바삐 움직여야 했다. 반복되는 장거리 운전이 뿌듯할 때도 있고 짜증 날 때도 있는데, 피곤한 건 똑같지만 그날 있었던 일이나 기분에 따라 달랐다. 부정적 감정이 드는 날은 전부 도로에 흘려 두고 오려고 했다. 찜찜한 걸 집으로 가져오는 건 싫으니까. 물건이든 마음이든.

다음 달은 다시 야간 운전을 할 일이 많을 듯하다. 새로운 플레이리스트를 만들어야지. 곡을 만들어도 좋고.

영혼을 위로하는 피칸파이

음식으로 영혼을 위로하는 건 현시대에 가장 흔한 서사다. 엄마의 된장국은 말할 것도 없고, 퇴근 후에 즐기는 맥주 한 잔, 야식으로 먹는 치킨 등 수없이 많다. 내게도 그런 음식이 있다. 바로 피칸파이다. 연남동 작은 디저트 가게에서 직접 만든 피칸파이를 선물 받은 적이 있다. 새하얀 상자에 리본까지 둘러서 어쩐지 상자를 여는 것부터 조심스러웠다.

살짝 상자를 열어 보니 작은 피자만 한 홀 파이가 있었다. 잘 만들어 낸 조각품 같았다. 아껴서 먹으려면 여덟 조각이 적당하겠지. 균형을 강박처럼 여기는 터라 여덟 조각을 똑같이 자르는 건 꽤 집중해야 하는 일이다. 음, 그런대로 잘 자른 것 같다. 그중 한 조각을 접시에 놓고 잠시 감상한 뒤 한 입 베어 물고 맛을 보는 순간 가슴에 너울이 일었다. 음식으로 바다의 파도가 느껴지다니! 얼마 만인가 싶었다.

그 후 특별한 날이나 두 달에 한 번 정도는 피칸파이를 찾는다. 정성껏 내린 커피 한 잔과 함께 천천히, 온전히 집중해서 먹으면 더 좋다. 절대 맛있다고 우걱우걱 먹는 음식이 아니다. 그렇게 먹으면 어쩐지 미안한 생각이 들 것 같다. 제법 비싼 가격도 한몫하지만. 나에게 사치가 있다면 피칸파이일 것이다.

피칸파이의 맛을 설명하자면 달콤함과 고소함이 가득 찼는데, 달콤함의 끝과 고소함의 끝이 한입에 모두 존재한다. 그래서 피칸파이를 입에 넣으면 마음이 넓어지는 착각을 한다. 성격이 다른 달콤함과 고소함이 서로를 밀어내려 해도 버터, 설탕, 밀가루 반죽의 돈독한 우정으로 절대 헤어지지 않는다. 몇 번이고 씹어 목구멍으로 넘어가기 직전까지도 그 팽팽한 맛의 조화는 균형을 유지한 채 계속된다.

평상시에는 단출하고 담백한 식사를 선호한다. 적당히 싱겁고 5대 영양소의 균형만 맞으면 된다. 딱히 건강 때문이라기보다는 간이 세고 자극적인 음식은 금세 싫증이 난다. 되도록 외식도 피하는 편이다. 밖에서 먹는

다양한 맛보다는 식재료 자체의 솔직한 맛이 좋다. 양념도 점점 줄이고 있다. 숨이 살짝 죽을 만큼의 밑간이면 충분하다. 하지만 디저트만큼은 아주 많은 걸 느끼고 싶어 한다. 어차피 매일 먹는 것도 아니니까.

한번은 친구에게 그동안 먹은 디저트에 비해 비싼 편이라 피칸파이를 자주 먹지 못해서 아쉽다고 토로했다. 친구는 피칸과 비슷한 호두로 파이를 대체하는 건 어떠냐고 제안했다. 그래서 호두파이를 사다 커피와 곁들여 봤다. 만족스럽지 않았다. 호두파이는 쓴맛이 난다. 피칸과 비슷해도 호두는 내 영혼과 공감할 수 없었다. 온전히 위로받는 기분이 들지 않았다. 피칸파이가 체온과 비슷한 수온을 가진 바다라면 호두파이는 10월의 식어 버린 바다 느낌이니까.

문득 나를 포함한 요즘 사람들은 다양하고 많은 위로를 원한다는 생각이 들었다. 음식에서, 음악에서, 영화에서, 책에서 위로를 얻는다. 홀로 겨우 버티는 마음이려나. 외로움의 어떤 변주려나. 어쩌면 헛헛함을 달래고 싶어서 단지 무언가를 갈구하는지도 모른다. 그런 사람들에게 이 말을 전하고 싶다. 지금으로서는 내가 찾은 최고의 답이다.

"여러분, 한 조각을 먹어도 후회 없는 디저트를 먹고 싶다면 그건 피칸파이입니다."

요즘 뭐 들어?

"요즘 뭐 들어?"라는 질문이 내게는 "요즘 무슨 생각을 하면서 살아?"로 들린다. 대답하려면 한참 동안 생각해야 한다. 정말 듣는 음악을 얘기하려고 해도 매일 듣는 그 많은 음악 중에 어느 것을 말해야 할까? 하물며 그 많은 생각 중에 어느 순간을 대답해야 한단 말인가. 게다가 요즘이라는 단어도 애매모호하다. 일주일? 한 달? 아니면 1년? 단순히 아이스브레이킹 목적의 질문일지라도 내가 뮤지션이라는 이유로 음악을 물어 오면 쉽게 대답할 수 없다. "그냥 들리는 대로 들어."라고 대답하면 "그냥 되는대로 살아." 정도쯤으로 대답하는 기분이라고나 할까? 당연히 쉽지 않다.

곰곰이 생각해 보니 요즘, 그러니까 최근 2년 동안 하와이 음악에 빠져 있다. 한겨울에 하와이 음악이 웬 말이냐고 할 수 있겠지만, 계절에 상관없이 여름 노래가 좋다. 여름이 지닌 에너지가 영감을 주는 것 같다. 그중 제리 버드(Jerry Byrd, 랩 스틸 기타 연주자)의 음악을 즐겨 듣는다. 듣고 있으면 신체의 변화가 일어날 정도다. 어깨가 저절로 스르르 내려가면서 뭉친 목덜미의 근육을 살포시 놓아준다. 긴 숨을 한 번 크게 쉬고 나면 태양을 잔뜩 받은 한 움큼의 모래가 내 발가락을 간지럽히는 듯하다. 게다가 1960년대 음반이라 전체적인 리코딩 상태가 지금과는 많이 다르다. 음량이 작은 대신 확실히 더 다정하고, 이펙트가 적어서인지 덜 부담스럽다. 듣고 있으면 마음과 귀가 편하다.

이런 장르의 음악은 우연히 스포티파이(음악 스트리밍 서비스)의 추천으로 알았는데, 이에 그치지 않고 랩 스틸 기타를 장만했다. 한국 악기점에서는 도저히 찾을 수 없어 한동안 낙담하다 '중고나라'에서 어렵게 구했다. 랩 스틸 기타는 생김새부터 생소하고 연주법은 아예 다르다. 어쿠스틱, 일렉트릭, 베이스 같은 일반 기타는 가슴 쪽으로 가까이 붙여서 안고 치는 모양새인데 랩 스틸 기타는 무릎에 올리거나 테이블 또는 스탠드에 올려 두고 친다. 일반 기타는 끌어안고 치고, 랩 스틸 기타는 건반을 연주하듯 눕혀 놓고 치는 것이다.

하지만 그 소리를 들어 본 사람은 꽤 많을 것이다. 영화나 애니메이션에서 해변을 배경으로 과거를 회상하는 장면에 많이 나온다. 의외로 그런 장면이 많다. 랩 스틸 기타 소리는 특유의 슬라이딩 주법 때문에 늘어지는 기분이 드는데, 마치 시간을 쭉 늘리는 듯하다. 볼륨 주법까지 더하면 어떤 악기로도 흉내 내기 힘든 묘한 소리를 내는데, 이 설명할 수 없는 묘한 연주법 때문에 딱딱 잘 맞아떨어지는 걸 좋아하는 사람은 이 음색을 싫어한다. 귀신 소리나 바람 소리 같다는 사람도 있었다. 모두가 좋아하는 건 세상에 존재하지 않는 모양이다.

확고한 취향에는 약간의 과시욕이 섞여 있는 것 같다. 살짝 고상한 척하는 느낌이다. '나는 이런 전시회도 가고 이런 음악도 들어. 그것도 한정판 LP로.' 뭘 듣느냐는 시답잖은 질문에 꽤 진지한 걸 보면 내게도 과시욕이 있다는 걸 부정할 수 없겠지. 아니, 확실히 있다. 그러니까 고민하는 것이다. 요즘 말로 힙해 보이고 싶거나 느낌을 쉽게 전하고 싶으면 하와이 음악 대신 '서프 뮤직'이라고 대답하면 된다. 몇 년 사이 한국에서 서핑이 꽤 인기가 많거니와 여러 음악 스트리밍 서비스에서 추천하는 플레이리스트에서도 자주 볼 수 있으니까. 하지만 서핑 음악과 하와이 음악은 많이 달라서 그렇게 대답할 수 없다. 나는 그 차이를 아니까 과시하고 싶은 거겠지. 아직 서핑을 해 본 적도 없으니까.

내 방을 둘러본다. 곳곳에 내 취향이 묻어 있다. 이 많은 기타와 음악 장비, 오래되고 흔하지 않은 장난감……. 최근에는 식물까지 더해졌지. 아이폰과 카세트테이프 플레이어, 강릉에서 데려온 솔방울, 프라이탁 가방, 신형 오디오 인터페이스는 40년 된 드럼머신 위에 있고, 히피 스타일 스트랩은 내 하얀 기타에 달려 있다. 아, 바닷소리를 내는 악기인 오션드럼 아래에 매일 아침 한 조각씩 먹는 다크초콜릿도 있구나. 정리되지 않은 내 마음을 보는 것 같다. 확실히 미니멀리스트는 아닌 듯하다. 쓸데없는 욕심과 고집 그리고 약간의 과시욕.

정리가 필요하다. 청소하며 재배치하는 것이 아니라

마음의 무언가를 덜어내려면 정리가 필요하다. 미룰 것도 없다. 당장 시작하는 게 좋다. 음악을 들으면서 하는 게 좋겠군. 뭘 들을까? 가사 없이 그냥 흘러가는 노래가 집중하기에 좋을 것 같다. 너무 신나지도 않고 느리지도 않은 살짝 부유하는 느낌이 나는. 그래, 이거면 좋겠다. 앞으로 누가 "요즘 뭐 들어?" 물으면 이걸 듣는다고 대답하면 되겠군.

잘 듣는다는 쪽지

가끔 음악을 잘 듣고 있다는 쪽지를 받는다. 그럴 때면 고마움과 설렘이 나를 가득 채운다. 이상하게도 칭찬은 말보다 글이 더 좋다. 언제든 다시 읽어 볼 수 있기 때문이려나. 아무튼 쪽지를 받으면 칭찬을 받은 어린아이처럼 기분이 들뜬다. 쪽지의 분량과 내용은 다 달라도 공통점이 있다면 내 음악에서 위로와 힘을 얻는다는 것이다. 구체적인 사연이 없어도 그 소중한 진심은 분명히 느껴진다.

마음을 담아 만든 음악이 누군가에게 위로와 힘이 된다는 걸 확인한다는 건 굉장히 특별한 경험이다. 그래서 나를 포함한 많은 이가 뮤지션의 끈을 놓지 않는 것 같다. 그래도 내 음악이, 나란 사람이 쓸모 있다는 걸 절실히 느낄 수 있으니까.

음악을 하면서 가장 힘든 건 기타줄에 쓸리는 손가락

이나 쉰 목이 아니다. 바로 자괴감이다. 이걸 누가 듣기는 할까? 무엇보다 누군가 '이걸 해서 얼마나 번다고'가 담긴 쓴웃음을 한 번 지을 때마다 뮤지션의 수명은 반년씩 감소된다. 잘 풀릴 때야 그런 생각을 할 틈도 없지만 조금이라도 주춤하거나 힘들 때면 그런 마음이 교묘하게 모습을 드러내고 속을 뒤집어 놓는다. 반면 누군가의 쪽지 하나가 풍선처럼 부풀어 버린 자괴감을 한순간에 터뜨려 버린다. 여러 번 경험했으니 확실하다. 나도 다른 뮤지션들에게 잘 듣는다는 쪽지를 보내곤 한다. 진심으로 그들의 음악을 좋아하니까. 하루에 2000여 곡이 쏟아져 나오는 음악의 홍수 속에서 그들과 함께 꾸준히 오래 달리고 싶으니까.

인맥은 소멸형, 친구는 적립형

얼마 전 밴드를 함께 하던 원섭이 형이 "나이 들수록 새로운 친구를 사귀는 건 기적 같아."라고 말했다. 동감한다. 생각해 보면 최근 들어 친구라고 부를 만한 사람을 만난 기억이 없다. 사회생활을 하기에 아는 사람은 대체로 늘지만 속마음을 얘기할 사이가 되지는 않는다. 살짝 외로운 기분이 들어도 어쩔 수 없지. 아마도 다들 그럴 것 같다.

음악을 하면서 만난 가장 오래된 친구는 원섭이 형과 밴드 Starry Eyed를 함께 한 병덕이다. 동갑내기에다 같은 음악 동호회에서 활동하며 홍대와 대학로를 자주 찾다 보니 가까워졌다. 함께 공연을 준비해서 무대에 오르기 전부터 해외 뮤지션의 내한 공연을 보러 가기도 했으니, 확실히 친구라 할 수 있을 것이다. 함께 밴드를 했지만 딱히 목적을 가지고 만난 게 아니라서 가능했던 것 같다. 그 외에는 일하면서 만난 사람들인데, 애초에 일이라는 목적으로 만난 사이라 일이 끝나면 자연스레 멀어지곤 한다.

직장에 취업하든 사업을 하든 프리랜서로 일하든 특정한 목적이 있거나 다분히 유의미한 만남이기에 나이 들수록 새로운 친구를 사귀는 게 더 어려운 건 어쩔 수 없다. 취미 활동을 많이 한다면 또 달라지려나? 그래서 다들 취미가 많은 걸까? 그렇다고 불가능하다는 건 아니다. 어디에나 그런 가능성은 존재한다.

망원동의 유명한 뼈해장국집 지하 공간을 작업실로 쓴 적이 있다. 여느 날처럼 작업을 하고, 지상으로 올라가 점심으로 해장국을 먹고, 그 건물 바로 옆 작은 카페에 갔다. 점심시간인데도 한가한 카페였다. 두 개의 테이블 중 하나에 50대 아저씨 둘이 오손도손 얘기를 나누고 있었다. 커피를 받아 작업실로 가서 하던 작업을 마저 했고, 몇 시간 후 좀 걷고 싶어 밖으로 나왔다. 그런데 그 두 사람이 아직도 이야기를 나누는 게 아닌가! 문득 두 사람이 궁금했다.

망원동을 반 바퀴 정도 돌고 작업실로 향하다 다시 카

페에 들렀다. 그 두 사람은 없었다. 나는 커피를 주문하며 평상시 안면이 있는 카페 사장님에게 그 두 사람이 엄청 친한 친구 사이 같다고 넌지시 말해 보았다. 사장님은 요즘 자주 오는데 한번 앉으면 세 시간 정도 이야기를 나눈다며 언젠가 알고 지낸 지 얼마나 되었냐고 물어봤단다. 일주일이라고 한다. 작업실에 돌아와 '친구'에 대해 생각해 보았다. 운명을 믿었기에 그 두 사람은 운명이구나 생각했다. 그리고 나이는 상관없단 걸 알았다.

그 후로 많은 만남이 있었다. 가끔은 가까운 친구가 되고 싶은 사람을 만나기도 하고, 여기까지구나 하며 먼저 선을 그어 버린 사람도 만났다. 친구가 되어 가는 사람도 있고, 친해졌다가 조금은 소원해진 사람도 있다. 인맥은 소멸되지만 친구는 적립된다. 다만 유의할 점은 적립형 친구도 감가상각이 일어난다는 것이다. 세월이나 어떤 형태로든 감소가 일어나는 것이다. 받아들이는 수밖에. 그러니 좋아할 수 있을 때 좋아하는 게 좋다. 그게 언제인지는 모른다. 아마도 바로 지금이겠지.

먼저 핀 꽃

다른 꽃들이 봉오리를 채 열기도 전에 먼저 핀 꽃은 어떤 기분일까? 우쭐할까? 아니면 외로울까? 어떤 분야든 먼저 핀 사람이 있을 것이다. 그들은 어땠을까? 우쭐했을까? 아니면 외로웠을까? 그러면 먼저 지는 꽃은 어떤 기분이려나.

인터뷰

인터뷰의 끝을 알리는 신호가 있다. "앞으로의 계획은?"이라는 질문이다. 가급적 깔끔한 대답을 좋아한다. 마무리가 길어지면 김 빠지기 십상이니까. 상상력을 약간 자극하는 정도가 적당하다. 정말 궁금한 게 있다면 인터뷰어가 다시 묻겠지. 보통은 새 앨범 작업에 대해 말한다. 지금까지 그 계획을 다 지켰으면 앨범 30장 정도는 거뜬히 냈을지도 모른다.

인터뷰를 좋아한다. 한두 시간 정도 묻는 말에 대답하며 자세한 내용을 덧붙이고 나면 왠지 뿌듯하다. 머릿속에서 정리되지 않았던 둥둥 떠다니는 생각을 잠자리채 같은 걸로 부지런히 수집하여 나열하고 정리한 기분이다. 적당한 긴장감이 머리 한구석의 생각까지 끄집어내는 것이다. 지난 일과 계획에 대해서도. 게다가 인터뷰어가 내 이야기에 공감하고 잘 이해한 듯한 표정을 지으면 뭐라도 해낸 것 같은 착각이 들기도 한다.

하지만 막상 인터뷰가 끝나고 지면에 실린 내용을 보면 마음에 안 드는 경우가 있다. 우선 한두 시간의 인터뷰 내용이 한 페이지, 사진이 함께 실리면 반 페이지 정도로 요약되기에, 30인의 오케스트라를 기대하지만 단출한 목관 3중주로 바뀌는 것이다. 물론 그것도 괜찮다. 하지만 핵심이 빠지면 서운하다. 인터뷰어에게 의미 있는 내용과 나에게 의미 있는 것이 다를 뿐이니 어쩔 수 없지만. 언젠가부터 인터뷰 시작 전에 지면 분량을 묻는다. 분량에 맞게 핵심만 골라서 대답하기 위해서다. 하지만 내 생각일 뿐 인터뷰어도 미리 질문을 준비해 왔을 테니까.

몽구스 4집 《코스믹 댄서》 활동을 마무리하는 시기였다. 무척 바빴지만 마음은 어두운 시절이었다. 서울어린이대공원 앞 카페, 비가 내릴 것 같은 가을이었다. 인터뷰어는 언젠가 만난 적 있는 에디터였다. 그녀는 명함을 건네더니 이전 잡지는 폐간되었다며, 이제 새로운 곳에서 일한다고 했다. 분명 좋은 기억이 있는 그녀다. 취재

와 상관없이 공연을 보러 온 적도 있다. 예전에 만났을 때보다 뭔가 차분해진 듯했다.

작은 테이블에 올려 둔 질문지 시트가 내게도 보였다. 일고여덟 개 남짓한 질문이 있었다. 어떻게 지내냐는 첫 질문부터 쉴 새 없이 얘기한 것 같다. 웃다 찡그리다 커피를 마시다 오른쪽 눈썹을 올리고 회상하며 실컷 말했다. 그러다 보니 마음이 상쾌해졌다. 머리도 맑아지고 용기도 생기는 듯했다. 참 신기한 일이다. 묻는 말에 대답했을 뿐인데 기분이 이렇게도 바뀔 수 있다니. 누군가 현대인의 질병은 하고 싶은 말을 하지 못해서 생긴 거라고 하던데. 나도 그 현대인인가 보다.

초롱초롱한 눈으로 한참을 정신없이 떠들다, 이야기를 듣는 그녀의 얼굴을 보는 순간 뭔가 잘못되었다는 생각이 들었다. 그녀의 얼굴은 질문을 던질 때와 달리 내가 아닌 어딘가를 향해 있었다. 조금은 지친 표정이었다. 아차! 시계를 봤다. 내게는 30분처럼 느껴졌지만, 어느덧 두 시간이 훌쩍 지났다. 그 시간 동안 그녀는 나를 인터뷰하는 형벌에 놓인 것이다. 돌이켜 보면 그날 나는 잘 알지도 못하는 평행우주에서의 음악 따위를 얘기했다.

죄송합니다. 사실 그녀에게는 아무짝에도 쓸모없는 말일 텐데. 미안합니다. 당연히 잡지에도 쓸모없는 얘기였겠지. 실례했습니다. 마지막으로 그녀가 물었다. "앞으로의 계획은요?" 짧은 대답을 하고 다시는 그녀를 보지 못했다.

모든 질문에는 나름의 이유가 있겠지. 물론 대답에도 이유가 있겠지만. 그래도 질문이 먼저니까 그 의도를 재빠르게 찾아 대답하는 게 현명할 것이다. 그걸 그때도 알았으면 좋았을 텐데. 잠시 다시 한번 그녀를 떠올려 본다. 테이블에 다소곳이 올려 둔 손이 기억난다. 옅은 표정도. 요즘도 인터뷰하러 가는 날이면 그녀를 떠올린다. 그리고 다짐한다. 이번에는 묻는 말에 제대로 아는 대답만 해야지…….

물음이 상처가 될 때

물음이 상처가 될 때가 있다. 물음에는 많은 게 담겨 있으니까. 그렇게 우리는 매일 많은 물음을 주고받으며 조금씩 성장한다.

장래 희망은 귀여운 할아버지

밴드를 시작한 지 5년 정도 되었을 무렵 여름이었다. 취했던 걸까? 디자이너 친구가 맥주잔을 테이블에 내려놓으며 자못 진지하게 말했다. "몬구야, 네가 귀여움을 어필하는 데는 한계가 있어. 우리는 나이를 먹으니까. 뮤지션으로서 뭔가 더 아티스트답고 남자다운 모습을 보여 줘야 해! 그래야 나이 들어서도 음악을 계속할 수 있어." 그녀의 표정을 보니 정말 나를 위한 조언 같았다. 그래도 놀라고 당황한 마음을 숨길 수 없었다. 귀여움을 어필하려고 노력한 적도 없는 데다 아티스트답고 남자다운 모습은 또 뭐란 말인가.

음악을 만들고 밴드를 하면서 '귀엽다'는 말을 제법 들었다. 지금은 아니지만 솔직히 예전에는 그 말이 싫었다. 내심 "당신 음악이 최고예요!" 같은 말을 기대했으니까.

귀엽다는 말은 왠지 팬시하다. 언제나 진지하게 음악을 만드는 만큼 팬시하게 들리지 않기를 바랐다. 물론 내 바람일 뿐이고, 받아들이는 건 듣는 사람 마음이다. 영화도 보는 사람마다 평이 다르고, 글도 마찬가지 아닌가. 공연에 오는 사람들은 음악보다는 마이크 뒤에 선 사람이, 그 사람의 차림이라든지 여러 가지 외형이 먼저 보이니까 그렇게 말할 수 있을 것이다. 하지만 그때는 어떤 이유든 인정하고 싶지 않았다.

아이러니하게도 지금 내 장래 희망은 '귀여운 할아버지'다. 좋아하는 캠프 캡을 쓰고, 청바지에 컨버스를 신고, 우쿨렐레를 손에 들고 산책해도 어색하지 않은 할아버지가 되고 싶다. 하지만 그런 외적인 모습보다도 자기 일을 꾸준히 하면서 호감 가는 사람으로 늙고 싶다는 뜻이다. 막연히 언제까지나 젊음이 계속될 거라고 믿던 시기의 나는 '귀엽다'는 말을 편협하게 받아들인 것이다. 귀여움이란 단순히 외적인 모습이 아닌데. 그걸 그때는 몰랐다.

그런데 내가 참고할 만한 귀여운 할아버지를 가까이

에서 본 적이 있던가? 그나마 호의적으로 신뢰하는 할아버지는 소울메이트인 키스터 신부님 정도다. 그 외에는 딱히 없다. 그만큼 귀여운 할아버지가 되기란 쉽지 않은 일이겠구나 싶다. 새로운 감각보다는 통증에 익숙한 낡은 몸으로 호기심 가득한 말랑말랑한 생각을 한다는 건 기적에 가깝지 않을까? 역시 만만치 않겠군. 귀여운 할아버지라……. 그래도 도전할 만한 가치는 있겠지. 귀여운 할아버지라…….

품위를 지키며 꾸준히 실패하는 중

품위를 지키며 꾸준히 실패하는 중이다. 이것이 지금의 나와 내 음악이다. 뮤지션이자 몽상가로서 이 시대에서 살아남을 방법은 이것밖에 없는 것 같다. 사실 내가 가진 품위는 그리 높은 편은 아닐지도 모른다. 고상하지도 않고. 나 자신에게 부끄럽지 않을 만큼, 적당히 자존심을 지킬, 딱 그 정도 수준이다. 하지만 그마저도 지켜내는 게 결코 쉽지 않다. 자존심을 지키려다 일이 끊기기도 하고, 감당 못 할 일에 욕심 부리다 잠을 설치기도 했다. 자존심과 돈벌이의 균형을 유지하며 품위를 지키기란 외줄 타기처럼 위태롭게 느껴질 때가 많다. 누가 봐도 입이 딱 벌어질 재능을 타고난 천재거나 범접할 수 없는 능력자라면 상황이 다르겠지만, 난 그저 겨우 살아남은 뮤지션에 불과할 뿐이니까.

'항해'라는 단어를 들으면 이상하리만큼 가슴이 설렌다. 정확한 이유는 모르겠다. 하지만 도전이나 모험 같은 아직도 마음속에 숨겨진 동심의 환상을 자극하는 것은 분명하다. 지구본에서 피지 같은 태평양 작은 섬을 보면 이런 곳을 어떻게 발견했을까 궁금해진다. 세계지도나 둥근 지구본도 없던 시절엔 별자리와 해의 위치를 정확히 파악하고 오랜 경험으로 항해했겠지. 해류와 물고기의 움직임을 살피며 그렇게 자신이 살아온 육지와 멀어진다. 항해사와 선원들은 가장 먼바다까지 나갔다 돌아온 조상들의 무용담을 떠올리며 이야기를 나눈다. 고요한 밤바다에 달빛이 비치고, 숨을 쉬러 물 밖으로 올라온 돌고래들을 본다. 다음 날 폭풍이 몰아쳐 닻이 심하게 흔들리고, 갑판 가득 물이 고인다. 항해사는 방향키를 잡은 손에 힘을 주고, 선원들은 흔들리는 배에 몸을 묶어 바다에 빠지지 않으려고 안간힘을 쓴다. 그렇게 두려움을 이기고 먼바다를 건너 마침내 새로운 땅을 찾아낸다. 어디까지나 소소한 상상이다. 하지만 정말 그랬을 것 같다.

언젠가 인터뷰어로 두 달 동안 일한 적이 있다. 여러

예술가를 만나며 배운 게 세 가지 있다. 첫째, 예술을 '작품의 도구'가 아닌 '삶의 태도'로 접근한다. 그래서인지 그들의 언어에는 하나같이 묘한 깊이와 울림이 있었다. 둘째, 오랜 세월과 꾸준함으로 만들어진 무게감이 있다. 꾸며서는 만들 수 없는 안정된 무게감이었다. 빈 수레가 요란하다는 말은 맞는 것 같다. 예술가의 삶을 막 시작한 사람들은 대부분 지나치게 들뜨거나 낙담한다. 기분도 오르락내리락이 심하다. 하지만 그 시기를 꿋꿋하게 넘어선 사람들은 안정감이 느껴진다. 또한 순수하다. 예술을 시작한 계기를 묻는 질문에 다들 똑같이 두 눈을 반짝였다. 처음 예술을 만났을 때의 설렘과 벅참, 그로 인해 인생이 바뀌었다는 찬탄이 고스란히 녹아 있는 눈빛이었다. 그런 눈빛은 나이가 들면 사라질 거라고 생각했다. 오직 젊은 예술가의 몫이라고 생각했다. 하지만 날카로운 주름 너머로 보이는 따뜻하게 반짝이는 순수한 눈빛을 결코 잊을 수가 없다. 마지막은 자존심이다. 그들은 자존심을 앞세우지 않았다. 그럴 필요가 없는 것이다. 그렇게 품위를 지켜 내고 있었다.

나이 들면서 품위를 잃어버린 사람을 많이 보았다. 그 때문에 두렵기도 했다. 하지만 내가 인터뷰하려고 만난 그들은 그렇지 않았다. 덕분에 먼 훗날에 대한 막연한 두려움이 많이 사라졌고, 품위는 자존심으로 얻을 수 있는 게 결코 아니라는 사실을 배웠다.

나는 앞으로도 계속 실패할 것이다. 엎어지고 넘어질 것이다. 진흙탕에서 구르다 허우적거릴지도 모른다. 그러다 신발 한 짝을 잃어버릴지도 모른다. 그래도 온 힘을 다해 일어설 것이다. 어쩌면 품위는 넘어지지 않으려고 버티는 게 아니라 불평 없이 스스로 다시 일어서려는 힘과 의지 아닐까? 어쩌면 품위를 지키는 데 음악은 그다지 중요한 게 아닐지도 모른다. 음악은 그저 내가 삶을 영유하는 방법일 뿐이니까. 정말 중요한 것은 삶의 태도다. 부끄럽지 않은 항해를 계속 이어 가려는 삶의 태도를 품위라 부르고 싶다.

필라멘트

초등학교도 다니기 전 아주 어린 시절, 빛나는 백열전구를 들여다보곤 했다. 끊어질 듯 얇은 선에서 어떻게 밝은 빛이 나는 걸까? 무척 신기했다. 더 가까이 보고 싶어서 뜨겁게 달궈진 전구를 빼려다 손을 덴 적도 있다. 전구의 열기가 식기를 기다렸다가 손에 들고 먼지가 앉은 유리 전구의 표면을 닦아 내면 세상 그 무엇보다 둥글고 반들반들했다. 왠지 어떤 맛이 날 것 같기도 했다. 더운 달콤함이 섞인 필라멘트 맛이 온몸에 퍼질 것만 같았다. 전구를 잡고 흔들면 필라멘트 떨리는 소리가 아주 작게 들렸다. 그렇게 한참 동안 필라멘트를 관찰하곤 했다.

필라멘트가 빛나는 원리는 간단하다. 가늘게 꼬부라진 금속선에 전류를 통과시키면 저항이 일어나면서 빛이 나는 것이다. 물론 열도 함께 난다. 그래서 손이 델 만큼 뜨거운 것이다. 그러고 보면 그 뜨거운 온도를 견뎌

내고 깨지지 않는 유리도 참 대단하다. 나중에 알았지만 이 백열전구는 발명왕 에디슨이 백 년도 전에 발명했다고 한다. 백 년도 넘는 시간 동안 인류는 백열전구로 어둠을 밝히며 살아온 것이다.

왠지 오래도록 꾸준히 써 온 물건에 마음이 가고, 그래서 백열전등을 좋아하는 것 같다. 요즘은 LED 조명이 백열전구보다 여러 가지로 뛰어나지만, 작업실 조명만은 오렌지빛 백열전구를 사용한다. 둘 다 '밝힘'이라는 목적은 같아도 빛이 주는 '위안'은 확실히 다르기 때문이다. 어떻게 보면 사치일 수도 있다. 단 백 원이라도 전기료가 더 나올 테니까. 백열전구에서 밝게 빛나는 필라멘트는 효율을 버리고 위안을 얻으려는 작은 사치다.

어제는 음악이 잘 풀리지 않아 고민이라는 친구를 만났다. 몇 년 전 기획자의 소개로 만난 그는 대학 시절 몽구스의 곡을 동아리 발표회에서 커버했다고 한다. 쑥스럽지만 내가 부른 노래에 대해 이야기하다 친해진 사이다. 작은 공원에서 커피를 마시며 이야기하는 중에 그 친구가 밴드에 집중하고 싶지만 합주를 못 한 지 반년이 넘었다고 털어놓았다. 멤버들과 사이도 틀어지는 것 같아 점점 지친다고 했다. 그런 밴드를 가까스로 유지하는 것도 힘들고, 좋아하는 밴드 음악을 멈출 수도 없어 힘들다는 것이다.

그래, 밴드는 너무 힘들지. 10년 넘게 밴드를 하면서 깨달은 것이 있다면, 밴드는 왜 깨지는가이다. 수익과 배분, 균형과 발전, 작품성과 대중성, 선택과 집중의 차이다. 마냥 낭만적일 것 같은 밴드도 결국 사람이 하는 일이니까. 그 친구가 소중히 여기는 건 무엇일까? 다시 생각해 본다. 어쩌면 필라멘트 같은 마음의 빛을 소중히 지키고 싶은 게 아닐까? 그걸 지키려면 밤잠깨나 설치겠구나 싶었다. 밴드 음악이라. 딱히 그에게 도움이 될 만한 말을 아직 찾지 못했다. 너무 어렵다. 앞으로도 찾지 못할 듯하다. 그저 커피 한잔 함께 마시는 것밖에.

오랜만에 백열전구에서 빛나는 필라멘트를 한참 관찰했다. 눈이 시려 잠시 감아도 그 잔상은 여전히 남았다. 이렇듯 가늘고 얇은 결심과 삶의 이유도 어두운 터널 같은 우리네 인생을 밝혀 주는 것 아닐까? 등대가 비춰 주는 큰 빛처럼 배에 길을 알려 줘도 좋겠지. 하지만 그렇게 크고 거대한 불빛은 오히려 내 깊은 마음을 비춰 주지 못하는 것 같다. 이상한 일이다. 이렇게 작은 빛의 잔상과 온기가 왜 마음에 더 오래 남는 걸까? 어쩌면 그 작은 불빛은 가까이 품을 수 있기 때문일지도 모른다. 오늘은 어린 시절에 느낀 백열전구의 맛 대신 마음에 품고 싶다는 생각을 했다. 마음의 서랍 하나를 열어 작은 불빛을 담는다. 서랍 틈 사이로 불빛이 새어 나오고, 그 생각만으로 내 마음속 어딘가 있을 날 선 외로움이 녹아내리는 듯하다.

필라멘트는 필름과 어원이 같다고 한다. 필름과 필라멘트. 둘 다 절정의 시기가 있었지. 지금은 거의 다 디지털로 대체되었다. 시대의 흐름을 막을 순 없다. 하지만 지금도 가방 한구석에서 필름 카메라를 꺼내 사진 찍는 사람에게 호감을 느낀다. 그 자리에서 볼 수는 없지만, 필름에 빛이 스며들어 기억을 남기니까.

필라멘트 같은 친구가 있다. 자주 만나지는 못하지만

서로를 전력으로 응원한다. 그 친구의 마음속 서랍에도 내가 건넨 작은 불빛이 빛나고 있겠지. 정말 그랬으면 좋겠다. 그 친구가 전해 준 불빛이 내 마음속에서 빛나고 있기에. 지금보다 더 자주 만나지 못하더라도 우리는 언제까지나 그 불빛을 소중히 간직할 거라고 믿는다. 그런 확신을 우정이라 부르고 싶다. 서로의 소중함을 지키며 영원히 그러리라 믿는 것. 순수한 우정이란 그런 게 아닐까?

우리는 한때 시간만 나면 만났다. 특정 시기의 모든 시간을 온전히 함께 보냈다. 그렇게 매일 함께 할 때는 몰랐다. 그때보다 지금 더 소중하게 느껴질 줄은 짐작도 못했다. 나중에 나이가 더 들면 어떤 기분일까? 나도 그 친구도 예전보다 많은 것이 변했다. 주변 상황도, 사는 모습도, 바라보는 풍경도 달라졌을 것이다. 생각도 변했을 것이다. 다시 만나서 예전처럼 수다를 떨면 시간이 만든 차이를 느낄지도 모른다. 아무렴 어때. 차츰 줄이면 되겠지. 서로 나눈 불빛을 소중히 한다는 믿음이 있기에, 언젠가 다시 만나면 웃을 수 있을 것 같다.

미니멀한 것들의 맥시멈

자신을 관찰하는 많은 방법 중 하나가 방 정리다. 제법 즉각적이다. 오늘 오랜만에 나를 관찰해 볼 예정이다. 그런데 시작부터 심상치 않다. 예전보다 소유욕이 많이 줄었다고 생각했는데, 서랍 구석구석, 옷장 구석구석에 가득 차서 문이 겨우 닫힐 정도의 취향 파편들을 보며 고개를 저었다. 아무래도 정리는 재능이 없는 듯하다. 오늘도 나를 관찰하는 건 쉽지 않겠군. 왠지 방 정리를 잘하는 사람은 마음 정리도 잘할 것 같다.

언젠가 내게 재능이 있다면 그건 마음을 어지럽히는 일이 아닐까 생각했다. 하긴 마음을 어지럽히는 일은 가만히 있어도 그냥 되니까 딱히 재능이라고 할 것도 없겠지. 해야지, 해야지 하는 생각이 있어도 부지런 떨지 않는 걸 보면 속마음은 '뭐 이렇게까지 할 필요가 있겠어?' 라고 생각하는 듯하다. '뭐 이렇게까지'가 차곡차곡 쌓여 지금의 포화를 만들었다.

이상하다. 분명 난 미니멀한 삶과 미니멀한 물건을 좋아하는데 방은 그렇지가 않다. 미니멀하다는 건 깔끔하고 말끔하고 있어야 할 것만 있는 것이다. 그래서 견고하고 단순하고 본연의 역할에 충실하면서도 매력적이다. 나도 미니멀한 사람이 되고 싶다. 그런데 방은 왜 이런 거지? 아무튼 방 정리를 하다 보면 많은 나를 만날 수 있다. 오늘도 여러 가지 나를 찾았다. 그중에서 가장 재밌는 건 오랜 연애편지다. 서랍에서 꺼낸 옅은 민트색 편지지를 손바닥에 올려놓자 파르르 떨리며 손을 간지럽혔다. 진한 버건디색 얇은 볼펜으로 꾹꾹 눌러 쓴 귀여운 글씨에 숨이 멎는 듯했다. 세상에나! 부끄러워 숨고 싶기도 하고, 껑충껑충 춤을 추고 싶기도 한 이 이상한 감정은 뭘까? 한참을 미소 짓고 있자니 편지의 주인공인 그녀가 떠올랐다. 그녀도 미소 짓고 있다.

천천히 편지를 읽어 본다. 단어 하나하나에 따뜻함과 사랑이 뚝뚝 떨어져 있다. 이게 정말 나라는 사람에게 쓴 걸까? 애틋했다. 아, 이렇게 사랑받았구나. 마음 구석구석에 묘한 설렘과 따뜻함이 퍼진다. 더 읽고 싶지만 이만 편지를 접어 서랍에 넣는다. 미소도 함께 접어 가슴 한편에 넣어 둔다. 그때 느낀 온기만 남겨 놓은 채. 그때는 그때의 소중함을 몰랐는데. 지금도 지금의 소중함을 모르겠지.

서랍을 닫고 방을 둘러본다. '정리'는 점점 '구경'이 되어 간다. 방에는 미니멀한 것들뿐이다. 문제는 미니멀한 것들이 맥시멈으로 많다는 것이다. 잘 버리지 못하는 성격의 결과다. 결국 비우려고 시작한 방 정리는 구경과 약간의 재배치로 끝나고 만다. 다행히 빽빽했던 방에 약간의 여유 공간이 생겼다. 그 빈틈을 또 채우려고 하겠지. 어쩌면 빈틈을 만들려고 방 정리를 한다며 구경을 하고 재배치를 하는지도 모른다. 벌써부터 그 빈틈을 또 뭐로 채울까, 생각한다. 아직 정확히 알 수 없지만 분명 내가 좋아하는 미니멀한 무언가로 채워질 것이다. 다시 맥시멈이 되면 빈틈을 만들고 또다시 채우고.

보이는 것

용기를 내려면 눈을 떠야 한다. 눈을 떠야 두려움의 실체를 알 수 있다. 하지만 눈을 뜬다는 건 얼마나 어려운 일인가! 진실로 자신을 바라볼 자신이 있는가. 나약한 나 자신의 모습을 가만히 바라볼 자신이 있는가. 창피해하지 않을 자신이 있는가. 하지만 눈을 뜨지 않으면 아무것도 할 수 없다. 일단 눈을 뜨는 것이 중요하다. 굳이 크게 뜨려고 할 필요도 없다. 작게 떠도 보인다. 그렇게 눈을 뜨면 그토록 두려워하던 내가 보이는 것이다.

하루

오늘 하루 내 마음대로 되는 일은 청소밖에 없었다. 거창한 계획도 야망도 없이 할 수 있는 일은 딱 그 정도다. 솔직히 그마저도 못 하는 날이 많다. 여하튼 오늘 하루는 대충 수습하면서 보냈다. 내심 '마이너스만 아니면 됐지 뭐.' 하고 안도의 한숨을 쉰다. 망하지 않은 게 어디야.

하루를 산다는 건 가장 쉽고도 어려운 일 아닐까? 누군가에게는 숨을 쉴 수 있는 공기처럼 그냥 주어지지만, 누군가에게는 숨 쉬는 것 자체가 기적 같은 일일지도 모르니까 말이다. 그런 하루를 적당히 무마한 것이다. 그게 요즘 내 삶의 기술이다. 지금의 내게 정면돌파는 너무 피곤하니까. 내일도 살아야 하니까. 그런 생각 때문에 무턱대고 정면돌파할 용기가 없다. 항상 에너지가 넘치면 좋겠지만 그렇게 살다가는 번아웃이 먼저 오겠지. 어쩌면 남은 인생도 정면돌파보다 무기력하게 보내는 시간이 더 길지 모르겠다. 뼈가 부러지는 건 한순간이지만 붙는 데는 꽤 시간이 걸리니까. 그래, 안다. 이런 생각은 최선을 다해 살지 않은 오늘 하루에 대한 변명이기도 하다. 그런데 지금은 도무지 힘이 나지 않는다. 억지로라도 힘을 내서 최선을 다해 살아야 할까? 무엇을 위해 최선을 다해야 하지? 그냥 살면 안 되려나.

오늘 하루도 이렇게 저물어 가는구나. 요즘 10대 시절에 바라본 하늘이 부쩍 자주 떠오른다. 정확히는 하늘을 바라볼 때의 느낌이다. 중소도시 춘천에서 중학 시절을 보냈는데, 서울에 살면서 중소도시 특유의 느낌이 있다는 걸 비로소 알았다. 시간과 공간이 천천히 흘렀다. 전체적으로 약간 바랜 색감이 돌고, 골목 곳곳에 예상치 못한 유물 같은 낡은 간판이 있었다. 그렇듯 느리게 흐르는 시간의 햇살과 그 조각이 구석구석 스며든 건물을 그리워하고 있다. 가만히 서서 하늘을 볼 때면 내가 나무가 된 듯했다. 어디선가 불어오는 산들바람을 맞을 때면 겨드랑이 사이로 초록 잎이 피었다. 그리고 내일이면 더 자라고 모레면 더 자라날 거라 믿었다. 정말 그랬다. 그때의 나는 매일매일 성장했다. 지금의 지친 나에게 그곳이 필요한 것 같다.

자고 일어나면 내일이 되겠지. 내일도 나는 살아 있을 것이다. 하지만 더 자라날 것 같지는 않다. 자라는 대신 나이가 들겠지. 그렇다. 나는 바로 이 사실을 부정하고 싶은 것이다. 항상 자라고 성장하는 관성에 익숙하다가 어느덧 성장이 멈춘 지금을 받아들이기 힘들다.

오늘은 그다지 유쾌한 하루가 아니었다. 내 마음대로 할 수 있는 일은 청소 정도밖에 없었다. 내일은 달랐으면 좋겠다. 그래, 그래도 청소만큼은 내 마음대로 할 수 있었으니까. 어제는 지금의 나를 이곳에 있게 했고, 내일은 오늘의 내가 있겠지. 내일은 오늘의 내가 책임져야 할 시간이다. 분명 지금 이대로의 내가 할 수 있는 게 있을 것이다. 그러니 어쩌겠어. 그럼 다시 힘을 내 볼까?

용기

살면서 큰 용기를 낸 순간이 언제였을까? 쉽사리 떠오르지 않는다. 그러고 보면 인생을 흔들어 바꿀 만큼의 대단한 결정을 내린 적도 없는 것 같다. 그럭저럭 무리하지 않고 흘러가다 보니 지금 바로 여기인 것이다.

어릴 적부터 겁이 많았다. 항상 지나치게 신중했다. 유년기에는 어른 같다는 말을 자주 듣곤 했는데, 그게 칭찬인 줄 알았지만 지금은 그런 아이를 보면 안쓰러워 괜히 풍선껌이라도 하나 쥐여 주고 싶다. 그런데 요즘 아이들이 풍선껌을 좋아하기는 할까? 아무튼 나는 큰 꿈이나 포부가 없는 평범한 삶을 살고 있다.

용기라는 단어를 떠올리면 생각나는 가사가 있다. 〈Cosmic Dancer〉에서 '뒤돌아보지 않을 용기, 결코 후회하지 않을 젊음'이라는 가사를 썼다. 그 가사를 좋아했다. 나도 멤버도 프로듀서도 모두 좋아했다. 멋있으니까.

하지만 솔직히 공연에서 그 부분을 부를 때면 항상 힘에 부쳤다. 힘을 잔뜩 줘서 고음으로 불러야 하는데 쉽지 않았다. 힘 빼고 부를 수도 없고, 그 부분만 다른 멤버에게 부탁할 수도 없으니까. 그래서일까? 시간이 제법 흘렀지만 우연히라도 그 곡이 들리면 온몸이 저절로 긴장하는 걸 느낀다. 어떡해서라도 다음 곡으로 넘겨 버리든지 자리를 피하고 만다. 이제는 멋을 위해 억지로 짜낸 힘보다 제법 여유 있는 멋이 좋다.

'뒤돌아보지 않을 용기'는 스무 살의 봄 같다. 싱숭생숭 싹을 틔우고, 아픔이 있어도 싹을 틔운다. 조바심이 들 정도로 싹을 틔우기 바쁘다. 하지만 지금 내가 찾는 용기는 '뒤돌아보지 않을 용기'가 아닌 '뒤돌아보는 용기'다. 뒤돌아 과거의 나를 만나서 잘못을 바로잡고 너덜너덜해진 마음을 수선하면서 조금씩 살아가는 용기 말이다. 오늘 자라지 않은 싹은 내일 틔우면 되니까.

앞으로도 영화처럼 극적인 용기로 인생을 바꾸진 않을 것이다. 제발 그런 일이 없기를 바란다. 그저 감당할 만큼의 용기로 꾸준히 노를 저어 갈 수 있기를 바랄 뿐이다.

플로깅

제로 웨이스트, 탄소 중립, 기후 위기, 친환경 소비, 탄소발자국, 플로깅(plogging, 조깅을 하면서 길가의 쓰레기를 줍는 행동), 멸종 위기의 북극곰, 노 플라스틱 선데이……. 모두 좋은 취지를 가졌지만 불편한 기분이 드는 용어들이다. 편의점에 들를 때도 장을 볼 때도 인터넷으로 구매한 제품을 택배 상자로 받을 때도 보인다. 일상을 불편하게 만들 작정인가 보다.

하지만 현재를 사는 우리는 이 불편함을 감수해야겠지. 우리의 청춘이 언제까지나 기억되고 싶은 것처럼, 잠시 빌려 사는 이 지구의 푸르름도 영원해야 할 테니까. 그리고 지금까지 인류가 누린 편함이라는 무지에서 오는 '모르고 지은 죄'니까. 실제로 프란치스코 교황은 2019년 11월 '생태에 대한 죄악'을 가톨릭 교리에 추가하는 방안을 검토하겠다고 밝혔다. 환경을 파괴하거나 보호하지 않는 행위도 죄라는 것이다.

어린 학생들이 플로깅하는 모습을 찍은 사진을 본 적이 있다. 단체 조끼를 입고 한 손에는 봉투를 다른 한 손에는 기다란 집게를 들고 골목을 걷고 있었다. 왜 불편한 마음이 드는 걸까? 문득 매일 정해진 시간에 쓰레기를 줍던 중년 아저씨가 생각난다. 소속된 곳 없이 늘 혼자서 묵묵히 골목에 떨어진 담배꽁초나 작은 쓰레기를 봉투에 담았다. 마주칠 때마다 묻고 싶었다. 어떤 이유로 쓰레기를 줍는지. 그래서 한번은 환하게 인사를 건넸지만 그는 나를 멀뚱히 쳐다보더니 다시 쓰레기를 주웠다. 영원히 그의 목소리는 듣지 못할 것이다.

혼자서 이런저런 추측을 하다가 종이봉투 하나와 캠핑용 집게를 들고 밖으로 나갔다. 직접 체험해 보면 그의 마음을 이해할지도 모르니까. 아파트 단지는 깨끗한 편이었다. 하지만 거리로 나가자마자 담배꽁초가 마구 흩어져 있었다. 보도블록 사이에 낀 담배꽁초는 무척 힘들게 꺼냈다. 불편한 기분이 아닌 불쾌한 기분이 올라오려고 했다. 버리는 사람 따로 있고 줍는 사람 따로 있다니. 환경은 발전을 외치며 앞만 보고 달린 앞선 세대가 다

망가뜨려 놓고 정작 환경 교육은 자식 세대가 받는 아이러니한 상황이라니.

충동적인 플로깅이 끝났고, 결국 그의 마음을 정확히 이해할 순 없었다. 언제 다시 할지도 모른다. 충동적이라는 건 그런 거니까. 그러던 어느 여름 40분간 다시 플로깅을 했다. 티셔츠 군데군데 땀이 밸 만큼만 했다. 담배꽁초가 대부분인데 총 무게는 정확히 119그램이었다. 모두 쓰레기봉투에 버렸다.

플로깅은 러닝과 비슷한 부분이 있는 것 같기도 하고, 명상과 비슷한 것 같기도 하다. 살면서 쌓이는 잡다한 생각으로 가득 찬 머리와 마음을 비운다는 점에서 그렇다. 플로깅도 그저 걷다가 보이는 쓰레기를 줍는 게 전부니까.

황홀한 빛

마른 잎사귀 같은 마음으로 기타를 잡고 건반을 쳐 봐야 한숨만 나올 뿐이다. 싱싱함과 반짝임이 전혀 없는 낡은 마음이다. 무기력한 기분이 더 이상 내 몸까지 스미지 않게 자리를 털고 일어난다. 그리고 걷는다. 걸으며 어떤 추억이나 소중한 것을 떠올린다. 무기력한 기분에 대한 방어기제겠지. 그러면 정말 무기력함이 사라질 때도 있고 별 효과가 없을 때도 있다. 효과가 바로 보이지 않다가 며칠 지나서 나타날 때도 있다. 그러니 일단 걷는다. 뛰어도 좋고. 오늘도 걷다가 장면 하나를 떠올렸다.

어떻게 음악을 시작했는가, 라는 질문에 항상 부모님 얘기부터 꺼낸다. 어린 시절 어머니는 나이키 운동화 대신 오카리나를 사 주셨다. 집에는 최신형 가전제품 대신 풍금이나 크로마하프(Chromaharp, 작게 연주할 수 있도록 개량한 소형 하프) 같은 것이 있었다. 어머니가 그 악기들을 잘 연주하지는 못했다. 물론 나도 연주를 잘 못했다. 하지만 언젠가 마음이 내킬 때 하면 잘되겠지, 하는 막연한 기대가 있었다. 당장 가지고 놀지는 않지만 언젠가 갖고 놀아야지, 하는 장난감을 대하는 기분처럼.

청소년기에 접어들 무렵이었다. 작은 사건이 있었다. 당시에는 그게 사건인지 알 수 없었지만 훗날 청소년기를 생각하면 가장 기억에 남는 사건이었다. 중학교 때 학교까지 걸어 다녔는데, 왕복 한 시간 정도 걸렸다. 버스도 있었지만 시내를 빙 돌아가서 결국 걷는 시간과 비슷했다. 게다가 등굣길 버스는 마치 빼빼로 상자 같았다. 칙칙한 교복을 입은 스포츠머리 남학생이 한가득이었다. 무서운 고등학생 형들과 들짐승 같은 사춘기 소년들이 흔들리는 버스에서 넘어지지 않으려고 몸에 잔뜩 힘을 주었고, 그러다 보니 욕하거나 시비가 붙는 일도 잦았다. 나는 그런 버스가 너무 싫고 무서웠다. 비가 오는 날도 걸어 다녔다. 나중에 인터넷 지도로 검색해 보니 하루에 왕복 7킬로미터를 걸었다. 내가 오래달리기와 걷기를 좋아하고 익숙한 이유는 그 시절 몸에 익힌 거리감 때문일지도 모른다.

헐렁한 교복을 입고 커다란 가방을 어깨에 메고 강변을 따라 쭉 걸었다. 길은 강과 아주 가까이 있었고, 아침이면 옅은 물안개가 가득했다. 여름이면 곳곳에 이끼가 자라고, 겨울에는 상고대가 피었다. 언제나 한적하고 운치 있는 강변길이었다. 강변길을 걷다 보면 소양1교라는 아주 낡고 폭이 좁은 다리가 나온다. 1933년에 놓았다고 한다. 다리 난간이 낮아서 강을 아주 가까이 볼 수 있었다. 진한 초록빛이 돌았는데, 우기에는 흙탕물로 변하기도 했다. 특별히 찾는 것도 없이 매 순간 변하는 강물의 표정을 하염없이 바라보곤 했다.

무슨 이유인지는 기억에 없다. 학교가 늦게 끝난 날이었다. 일몰이 빨라지는 가을이라 춘추복을 입었다. 기울어지는 햇빛을 맞으며 걸었다. 그렇게 소양1교에 들어섰다. 다리를 반쯤 건너다 오른쪽으로 크게 반짝이는 무언가가 느껴졌다. 고개를 돌리자 갑작스레 빛이 쏟아져 내렸다. 황홀한 빛이 나를 가득 안았다. 걸음을 멈출 수밖에 없었다. 붉은 석양이 이상하리만큼 또렷하게 반짝이며 불타고 있었다. 나는 한참을 가만히 서서 울었다. 이내 석양은 황금빛으로 변했다. 땀인지 눈물인지, 하얀 교복 와이셔츠를 축축하게 적셨다. 다리를 다 건너자 다시 태어난 기분이 들었다.

그 후 편지를 쓰기 시작했다. 라디오에서 나오는 노래도 소중히 여겼다. 그리고 막 성인이 되었을 무렵, 여전히 그 황홀한 빛이 내게 전해 준 따스함을 간직한 채 어린 시절 그 악기들을 다시 마주했다. 그래서 지금까지 음악을 하는 것이다. 그 황홀한 빛이 없었어도 내가 음악을 할 수 있었을까? 아마도 내 삶은 금세 식어 버렸겠지. 그 빛을 만난 지 20년이 더 지난 지금도 그 순간을 애정하며 쫓고 있다. 어쩌면 그 황홀한 빛을 잃지 않기 위해, 떠올리기 위해 계속 음악을 가까이 두는 것인지도 모른다. 앞으로도 그러고 싶다. 그 황홀한 빛을 오래도록 내 눈에 담아 두고 싶다.

히트곡

음악 하는 이들이 각자 공연을 끝내고 약속이나 한 것처럼 하나둘 단골 술집으로 모여든다. 단지 시원한 맥주를 마시고 싶은 친구도 있고 안주로 식사를 하는 친구도 있다. 아니면 헛헛한 마음을 달래려고 왔겠지. 다양한 억양의 말소리, 술잔 부딪치는 소리 그리고 귀 기울이지 않으면 알아들을 수 없는 온갖 소음으로 술집은 금세 시끌벅적해진다. 디제이는 음악이 들리지 않자 소리를 더 키운다. 소리는 경쟁이라도 하듯 끝도 없이 커진다. 끝없이 팽창하는 에너지를 품은 여름밤처럼.

밤이 깊어질수록 대화는 더 힘들어지고, 아예 말하기를 포기하고 춤추는 이들이 늘어난다. 친구가 담배를 피우겠다며 같이 밖으로 나가자고 했다. 나는 담배를 피우지 않지만 시끄러운 음악에 살짝 귀가 피곤한 터였다. 바깥공기도 느끼고 싶었다.

과연 밤공기는 달랐다. 청량한 느낌이 들었다. 그날의 공기는 뭔가 특별했다. 달콤하고 자유로웠다. 옆에서 풍겨 오는 담배 연기도 그리 싫지 않았다. 밤에 보는 하얀 연기는 어떤 감성을 자극할 때가 있다. 연기는 볼 수 없는 바람을 보여 주니까. 기분이 좋았다. 아무래도 그날의 공기 때문이겠지.

요즘은 뭐 하며 지내는지, 누구는 어쨌다는데, 그 기타는 어떤지 등의 얘기를 하는 사이 친구는 담배 한 개비를 다 피웠다. 그러고는 뜬금없이 가장 갖고 싶은 게 뭐냐고 물었다. 바로 떠올랐지만 막상 내 입으로 말하기는 좀 어색했다. 딱히 물건은 아니고, 우리 둘에게 없는 거였다. 하지만 그곳에 모인 모두가 꼭 갖고 싶은 것일 테지. 난 3초 정도 망설였다. "뭔데 그렇게 뜸을 들여?" 나는 담담하게 말했다. 아니, 그렇게 말하려고 노력하며 입을 열었다. "히트곡." 하지만 히트곡이라는 단어 자체가 지닌 무게감 때문인지 오히려 무척 진지하고 단호하게 말하고 말았다. "하하하. 그게 뭐야." 친구는 실없는 웃음을 터뜨렸고, 나는 차마 다음 말을 잇지 못했다.

그때 그 담배 연기를 바라본 뒤 몇 년이 지났다. 나는 여전히 히트곡을 갖지 못했고, 지금은 그 단어 자체가 조금 낯설게 느껴진다. 히트곡도 없거니와 내 고유의 취향 자체가 히트곡과 어울리지 않는다는 걸 깨달았기 때문일까? 10대 시절부터 유행하는 노래는 그다지 관심이 없었다. 아는 노래여도 어디서든 들리기 때문에 아는 것일 뿐 따로 찾아 듣지는 않았다. 웬만한 유행가는 다 알아도 자세한 멜로디나 가사는 잘 몰랐다. 오히려 숨겨진, 혹은 소수만 아는 음악을 찾아 들었다. 그런 음악이 왠지 더 친근하게 들렸다. 주류보다는 비주류에 끌리는 것이다. 영화나 브랜드도 그런 걸 보니 취향 자체가 그런가 보다. 흔한 건 싫다. 한때 흔했던 거라도 지금은 흔하지 않은 걸 좋아한다. 반대로 흔하지 않던 것이 흔해지면 좋아하는 것도 관심이 사라진다. 음악도 그런 방향으로 작업하는 것 같다.

히트곡 하니 생각나는 친구가 더 있다. 대책 없이 순수해서 약간 짓궂게 느껴지는 고등학교 동창이다. 대학 3학년 때 첫 앨범을 냈는데 고등학교 동창들에게 전화가 많이 왔다. 대부분은 잘 들었다, 어떻게 가수가 됐냐, 부럽다 등의 상투적인 인사말을 했다. 그 와중에 정말 솔직하게 자기 생각을 말해 준 건 그 친구 하나뿐이었다. "서태지도 처음엔 대중성을 노렸는데, 너도 좀 더 쉽게 가 보면 어때? 작품성은 나중에 보여 주더라도 말이야." 아무 말도 할 수 없었다. 전혀 예상치 못한 조언에 자못 놀라고 말았다. 서둘러 안부를 나누고 전화를 끊었다. 역시나 전화를 끊고 나니 기분이 좋지 않았다.

왜 이렇게 찝찝하지? 한참을 생각한 결과 두 가지 때문이었다. 내 음악이 대중적이지 않다는 것, 작품성 운운하는 걸 보니 내 음악이 듣기에 어렵다는 것. 사실 두 가지는 같은 말이다. 애당초 음악을 시작할 때부터 내 음악이 아이돌 가수들과 함께 TV 가요 프로그램에 소개되지 않으리란 걸 알았다. 유행하는 음악을 듣지 않은 내가 어떻게 유행할 음악을 만들 수 있을까! 쉽고 대중적으로 만드는 것도 그에 특화된 재능과 운이 필요하다. 내게는 그런 재능과 시대의 운이 없었는지도 모른다.

하지만 음악에 대해 작품성이니 대중성이니 논하는 것 자체도 이상하다. 그 기준을 누가 정할 수 있을까? 특히나 요즘 같은 시대는 더 그렇고. 내가 듣기 좋은 음악과 내게 별로인 음악이 있을 뿐. 음악은 주관적이다. 나는 그냥 내가 만들 수 있는 걸 만드는 사람이다. 시작부터 지금까지 그뿐이다. 내게 음악은 내가 창조할 수 있는 유일한 세계니까. 내 음악은 그때그때의 나를 닮았으면 좋겠다. 나를 잃고 싶지 않다.

어떤 뮤지션은 전 세계인이 다 따라 부를 정도로 대단한 히트곡을 갖지만 동시에 안타까운 저주에 걸리기도 한다. 그 저주의 이름은 '원 히트 원더(one-hit wonder)'다. 평생 히트곡 하나밖에 없는 뮤지션을 일컫는 말이다. 물론 뮤지션이 히트곡 하나를 갖는다는 건 실로 엄청난 일이다. 몇 년 전 술집에 모였던 그 누구도 갖지 못했으며, 평생 히트곡 없는 뮤지션이 훨씬 더 많으니까. 그렇다면 왜 '원 히트 원더'를 저주라고 하는 걸까? 히트곡 하나를 가진 뮤지션이 타의에 의해 갇히거나 스스로 자신을 가두기 때문이다.

대중은 뮤지션의 새로운 시도나 다른 이야기에는 관심을 두지 않는다. 오로지 그 한 곡과 뮤지션을 동일시

해 버리는 것이다. 극중 역할을 지나치도록 완벽하게 소화해 낸 배우가 다른 배역을 맡기 어려운 것과 비슷하다. 그렇게 뮤지션은 박제되고 만다. 또한 히트곡의 성공을 맛본 뮤지션은 또다시 잭팟을 터뜨리기 위해 가장 안전하고 확실한 방법인 자기 복제를 한다. 히트곡의 성공 요인을 치밀하게 분석하여 철저하게 자기 복제를 하는 것이다. 결국 '원 히트 원더'는 타의와 자의에 의해 그늘에서 영영 헤어 나오지 못한다. 설마 나는 그렇게 되는 게 두려워 일부러 유행할 만한 노래를 만들지 않는 걸까? 물론 아니겠지. 그런데 왜 자꾸만 자조 섞인 헛웃음이 입가에 도는 걸까?

히트곡이라……. 뭐 있어서 나쁠 건 없겠지만 나는 내 길을 가련다. "누군가에게 한순간만이라도 히트곡이 되는, 그런 특별한 노래를 갖고 싶어." 그때 그 친구에게 못다 한 말이다. 그러려면 꾸준히 만들고 민들레 홀씨처럼 날려 보내야겠지. 어딘가에서 자리 잡고 활짝 피어나기를 바라면서……. 편한 자기 위로일지도 모르겠다. 하지만 그것 말고 지금 내가 할 수 있는 건 없겠지. 우람한 나무를 뒤로하고 공기를 가득 채운 양 볼로 후, 불어서 민들레 홀씨를 날리는 어린아이의 웃음을 떠올려 본다. 바로 그런 웃음을 주는 히트곡을 갖고 싶다.

대기실의 긴장감

무대에 오르기 전 그 특유의 긴장감은 아무리 시간이 지나도 익숙해지지 않는다. 누군가는 익숙해진다고 하는데 나는 아닌가 보다. 얼마나 열심히 준비했는가도 상관없고 자신감 문제도 아니다. 무대의 크기에 영향받는 것도 아니다. 사실 그 긴장감을 좋아하는지 싫어하는지도 잘 모르겠다. 그러니 묘하다. 그 묘한 감정에서 도무지 갈피를 잡지 못하겠다. 아무튼 일상에서는 느끼기 힘든 감정인 것은 분명하다.

공연 시작 30분 전부터 시간이 무척 빠르게 흐른다. 그 시간 동안 미리 멘트를 정리하기도 하고, 연습 때 실수한 곡의 코드나 가사를 떠올리기도 한다. 동시에 이 대기 시간이 어서 지나가면 좋겠다고 생각하기도 하고, 10분만 더 있으면 좋겠다고 생각하기도 한다. 그렇게 갈피를 잡지 못하고 있다 보면 스태프가 문을 열고 들어와 묻는다. "가실까요?" 그 말을 듣는 순간 자동으로 스프링처럼 자리를 박차고 일어나 주먹을 꽉 쥐었다 폈다 하며 손을 푼다.

긴장감은 호기심과 두려움, 자신감과 망설임, 확신과 추측의 모순된 감정이 널을 뛰며 증기기관차의 엔진처럼 칙칙폭폭 하고 원동력을 만들어 내는 것 같다. 돌이켜 보면 몽구스라는 이름으로 밴드를 시작했을 때는 긴장감을 감추려고 독을 발라 날 선 감정으로 무대에 오르곤 했다. 단독 공연은 고사하고 인기 있는 밴드들의 오프닝을 전전해야 했으니까. 물론 그렇게라도 무대 기회를 얻는 건 어렵고 감사한 일이다. 하지만 부러움과 오기로 뭉친 독기가 우리를 장악할 때였다. 내일 따윈 없다는 식으로 달콤한 노래들을 거칠게 부르곤 했다. 낭만적인 노래를 독 품고 부른 셈이다. 3집까지 6~7년 동안 불태우듯 공연했다. 그 후 특별한 계기도 없이 이상하리만큼 한순간에 독이 사라졌다. 딱히 두려움도 미움도 없는 그저 철없는 청춘이 되어 버린 것이다. 혼자 공연하면서는 특히 몽구스 시절의 에너지는 더욱 내기 힘들다. 독은 진작 사라졌고, 달콤함이 잠시 있었지만 어느 순간 사라졌다. 그 대신 따뜻한 바다와 여유를 얻었다. 듣는 사람은 어떻게 느낄지 모르지만.

긴장을 풀기 위해 이런저런 노력을 해 봤다. 술을 마셔 보기도 하고, 마인드 컨트롤을 위해 눈을 감고 심호흡도 해 보고, 스트레칭도 했다. 처음에는 모두 그럴싸한 효과가 있는 듯했다. 술을 마시자 느긋한 기분과 달리 심장 소리가 더 크게 들리고 얼굴까지 붉어져서 별로였다. 눈을 감고 심호흡을 하는 건 딱 1~2분만 효과가 있었다. 이후에는 계속 잡생각만 났다. 스트레칭은 할 때는 여러모로 도움이 되는 듯했다. 하지만 딱히 극적인 효과가 있는 것도 아니었다.

긴장감은 기다림에서 오기에, 그 기다림을 없애는 가장 확실한 방법은 역시나 빨리 무대에 오르는 것이다. 실제로 그 순간이 오면 긴장감이 사라진다. 어쩌면 긴장할 틈이 없는 거겠지. 지금 당장 해결해야 할 상황에 놓이니까. 아무튼 일단 무대에 오르면 긴장해서 목소리가 이상하게 나오거나 손이 떨리거나 하지는 않으니까 다행이다.

공연뿐 아니라 일상에서도 긴장할 때가 있기 마련이다. 긴장감이라는 건 분명 다른 사람이 주는 게 아니라 스스로 만드는 것이다. 특별히 누군가 "자, 이제 긴장하세요!"라고 강요하는 상황이 아니라면. 얼마 전 키스터 신부님과 긴장에 대한 이야기를 나눴다. "긴장은 흥미로운 거예요. 흔하지 않아요. 모두 잘되려고 그러는 거예요." 그러고 보면 지금까지는 긴장감을 참으려 하면서 애써 없애려고만 했던 것 같다. 긴장은 나쁜 것도 아니고 좋은 것도 아닐지 모른다. 그냥 자연스레 일어나는 감정일 뿐이다. 물을 끓이면 수증기가 생기는 것처럼 말이다. 잠시 긴장했던 순간을 하나둘 떠올려 본다. 실제로 내 삶에서 꽤 소중하게 생각되는 순간들이다. 그때마다 심장이 쿵쾅쿵쾅거리고 머릿속은 점점 하얘지곤 했지. 소나기가 내리기 직전의 하늘처럼. 대기 중에 가득한 에너지 그리고 바람. 그렇다. 여름이다. 내가 좋아하는 여름인 것이다. 긴장했던 그 순간은 나를 여름으로 인도하고 있었다.

오랜만에 공연이 잡혔다. 한 달 후에 있을 공연이 기대

된다. 소중한 사람과 노래 그리고 따뜻하게 번지는 반짝이는 공기를 상상해 본다. 크지 않은 공간에 옹기종기 모인 눈빛을 마주할 때면 항상 설렌다. 그날이 되면 분명 대기실에 앉아 긴장이라는 감정을 다시 마주할 것이다. 작은 용기를 내어 그 감정을 있는 그대로 바라볼 것이다. 더 용기가 생기면 그 감정을 다정히 안아 볼 것이다. 곧 만나겠지. 나의 두근두근한 친구여…….

습관성 달리기

아무리 좋아도 힘든 게 있다. 오래달리기가 그렇다. 아무리 오래 해 왔어도 힘든 건 힘든 것이다. 매번 숨이 차고 다리가 아프다. 생각만큼 몸이 따라 주지 않을 때도 있다. 하지만 힘이 든다는 것일 뿐 오래달리기를 멈출 순 없다. 처음의 막연한 두려움도 이제는 모두 사라지고 없다. 그러고 보면 사는 것도 그런 것 같다. 하루하루 안 힘든 날이 없다. 그래도 계속 내딛다 보면 어딘가에 도착하니까. 도착점을 지나 새로운 목표를 새우고 다시 한 걸음 내딛다 보면 어느새 두려움도 비워질 것이다. 그 원동력은 뭘까? 힘들어도 달릴 수 있고 걸을 수 있게 만드는 건.

문득 올여름 살겠다고 외치는 초록 잎사귀의 아우성과 공기 중에 진하게 섞인 풀냄새에 놀라 달리기를 멈춘 순간이 떠오른다. 가만히 서서 내 오감에 선사하는 초록빛 소리와 냄새를 마음에 품었다. 가을로 접어든 지금 눈을 감고 그날의 초록빛 달리기를 떠올려 본다. 어렴풋이 아직 달릴 수 있다고 마음이 소리친다. 내가 할 일은 그저 밖으로 나가 다음 한 걸음을 내딛는 것뿐이다. 아무도 뛰라고 강요하지 않는다. 달리는 데 어떤 큰 의미도 없다. 곡을 만들고, 노래를 하고, 글을 쓰고, 춤추며 사는 인생. 내게는 그것이 인생이다. 그렇게 우리는 지금 저마다의 초록빛 가득한 인생을 달리고 있는 것이다.

기타 탐구 생활

태풍이 북상 중이라고 했다. 매우 강한 바람과 함께 많은 양의 비가 내릴 거라고 했다. 깜빡 졸다가 잠이 들었다 일어나 보니 기상 캐스터의 말이 현실로 이루어지고 있었다. 꽤 강한 태풍이었다. 창문은 센 바람에 흔들렸고, 5층에서 바라본 거리는 아직 낮인데도 꽤 어둡고 시끄럽고, 또 한산했다.

뭘 할까, 생각하다 결국 기타를 쳤다. 이렇게 강한 태풍이 왔으니 내 기타 소리 정도는 묻힐 것이다. 딱히 오늘은 갈 곳도 없고, 있다 한들 이렇게 태풍이 왔는데 어떻게 간다는 말인가. 밖은 혼돈 속이고, 나는 바람이 잦아들 때까지 기타를 친다.

솔직히 기타를 치는 건 아무리 오래 쳐 왔어도 너무 좋다. 즐겁다. 기타라는 악기 자체도 좋다. 그 기타의 소리를 변형시키는 이펙터를 하나씩 사 모으고, 또 팔고, 여러 개를 두고 비교하는 과정이 너무 재밌다. 그렇게 사는 내 모습은 기타를 주제로 한 탐구 생활 자체인 셈이다. 또래의 남자아이들이 게임에 푹 빠져 지낼 때도 (하긴 또래뿐만은 아니겠지만. 한참 어린 막냇동생도 그랬으니까.) 게임 대신 기타를 선택했는데, 사실 내겐 기타가 게임이다. 중독성까지 있다. 왜 그런지 모르는데, 온라인이나 휴대폰 게임을 통틀어 연평균 두 시간도 안 하는 것 같다. 게임에 소질이 없으니 안 하는 게 아니라 못하는 거겠지. 막상 게임을 하려고 해도 자꾸 기타 생각이 난다.

대학 시절 단짝 친구로 지낸 K와도 신입생 오리엔테이션에서 악기 얘기를 하다 친해졌는데, 그렇게 4년을 꼬박 붙어 다녔다. 밴드의 멤버와도 악기 얘기를 하다 합주를 하고 앨범까지 냈다. 내가 세계를 바라보고, 그곳에 속하고, 관계를 유지하는 큰 요소 중 하나가 악기인 것이다.

악기는 중고 시장이 제법 활발하다. 악기 거래를 하다 유명인도 여럿 만났다. 유명 밴드의 리더도 만나고, 영화음악감독도 만나고, 알고 지내던 음악 친구를 다시 만나기도 했다. 그중 기억에 남는 사람이 있다. 한강유람선에서 연주하는 중년 남자였다. 나에게 핑크색 헬로키티 튜너를 사 갔다. 그는 한강유람선에서 연주한다며, 나중에 놀러 오면 공짜로 배를 태워 주겠다고 했다. 유람선은 고전적 낭만이 있다. 그것도 내가 좋아하는 한강 위라면 얼마나 좋을까! 정말 가도 되냐고 되묻자 호탕하게 웃으며 꼭 오라고 말했다. 그의 전화번호를 저장해 두었다.

10년이 지난 지금도 그의 전화번호가 있다. 하지만 자꾸 망설여져 한 번도 찾아간 적이 없다. 그의 배려로 유람선에 오르면 좋든 싫든 그의 연주를 계속 들어야 할 텐데, 혹시 실망하면 어쩌지? 여하튼 못 갔다. 그는 아직도 선상에서 기타를 치고 있을까? 나도 선상에서 기타를 쳐 보고 싶다. 유람선보다 더 작은 보트가 좋겠지. 물결이 아주 잘 느껴질 테니까. 꼭 해 보고 싶다. 내 기타 탐구 생활 목록에 추가할 일이 생겼다.

말

말 한마디로 천 냥 빚을 갚는다는 말이 있던가. 좋은 교훈이 담긴 말이고, 그 본래 의미도 충분히 안다. 정말로 잘 안다. 하지만 현실에서 그런 말을 하는 사람은 대개 사기꾼이거나 우기기쟁이가 많다. 기본적으로 빚은 갚아야 한다. 특히 돈이라면 말할 것도 없이. 그게 옳다. 말이 필요하다면 실질적인 행동을 하고 고마움을 전할 때 덧붙여야 하는 것이다.

또한 똑같은 말이라도 누가 하느냐에 따라 결과가 다르다. 사람마다 지닌 통제력이나 설득력이 다르기 때문인데, 그보다 더 영향력 있는 것은 다름 아닌 지위다. 지위가 높은 사람을 잘 관찰해 보면 사실 말 자체는 그다지 힘이 없다. 누군들 공감하지 않을 수 있을까? 학교에서도 사회에서도 들어 봤을 것이다. 실제로 지위가 없는 말은 힘이 강하지 않다. 그러니 타인의 말을 마음에 담아 두고 상처받을 필요는 없다.

나는 어떻게 말하는 사람일까? 말을 아끼는 편인 듯하다. 내세울 지위가 없는 걸 알기 때문일까? 통제력이나 설득력이 없다는 걸 알기 때문에? 계속 이대로 나이 든다면 앞으로도 갖기는 어렵겠지. 지위는 없어도 되니까 말로 불편한 상황을 바꾸거나 곤경을 무마할 수 있다고 믿는 사람으로 나이 들지 않기를 바란다. 말은 하면 할수록 길어지고 이기적인 고집만 늘어날 뿐이니까.

부(끄)럽지 않은 삶

서른 초반 부끄럽지 않은 삶을 살겠다고 굳게 다짐했다. 언제나 떳떳하고, 매사에 자신감 있고, 도덕적으로나 커리어로나 한 점 부끄럼 없는 사람 말이다. 심지어 남의 시선에서도. 8월 정오에 내리쬐는 햇살처럼 말이다. 그 햇살은 부끄러움이 없다. 나와 나를 비추는 햇살뿐이다. 더불어 내 어두운 그림자가 가장 작은 시간이기도 하다. 하지만 언제나 그렇듯이 시간이 흐르면 결국 그런 결심도 변하고 만다. 만약 그 강렬한 햇살을 계속 맞았다면 나는 이미 사막이 되어 버렸을 테지.

오히려 지금은 때때로 부끄러워할 수 있는 삶이 다행이라고 여긴다. 어떤 경우에도 부끄러워하지 않는 사람들의 추태를 자세히 알아 버렸기 때문이다. 그들은 수치심이란 게 없다. 타인을 망가뜨리고도 한 점 부끄럼 없이 변명하고 화를 낼 뿐 사과하지 않는다. 또 하나의 특징이라면 목소리도 크다. 자신의 실수나 과오를 수치스러워하고 자신을 부끄러워하는 마음을 잃지 않는 건 하나의 덕목이라는 생각이 든다.

부끄럽지 않은 삶에 이어서 요즘은 부럽지 않은 삶을 생각한다. 타인의 재능과 재력을 부러워하지 않는 게 과연 가능한 일일까? 그런 게 한낱 욕심이라는 걸 알아차릴 수 있다면 가능할 것이다.

돌이켜 보면 얼마나 많은 시간을 나와 상관없는 삶을 사는 이들을 부러워하며 보냈던가! 누군가는 5년 전에 투자 목적으로 사 둔 아파트 가격이 두 배가 되었다 하고, 누군가는 재미 삼아 주식을 사 봤을 뿐인데 엄청난 수익을 냈다고 한다.

그럴 때면 나 자신이 한없이 초라해지곤 했다. 내가 가진 건 하나도 없는 것 같았다. 그런 감정이 나를 휩쓸고 지나가면 지금까지의 내 발걸음이 시시해 보였고, 해변에 남긴 발자국이 파도에 지워지는 느낌이었다. 그런데 생각해 보니 나는 투자도 안 하고 주식도 관심이 없다. 결국 욕심인 거지.

오늘 하루를 돌아보며 약간의 부끄러움을 느끼고 부럽지 않게 사는 것. 이 얼마나 멋진 일인가!

틈

열한 살 무렵이었나. 집에 아무도 없었다. 그럴 때면 TV를 독차지하고 앉아 보고 싶은 만화를 실컷 보곤 했는데 그날따라 TV를 켜고 싶지 않았다. 창문을 열고 하늘을 바라보며 느리게 흐르는 구름을 구경했다. 멀리서 누군가 켜 놓은 라디오 소리 같은 게 들리는 것 같기도 했다.

왠지 이 시간이 소중하게 다가왔다. 그냥 보낼 수 없어 무엇이든 하고 싶었다. 뭘 할까 생각하다 연필과 종이를 찾았다. 그림을 그려야지. 마음껏 그리고 싶은 대로 그리면 그럴싸한 무언가가 탄생할 것 같은 묘한 확신이 들었다.

밑그림도 없이 그냥 슥슥 손이 가는 대로 옅은 선을 그어 보았다. 정확히 그리고 싶은 게 있는 건 아니지만 그러다 보면 어떤 형체가 나타날 것 같았다. 엉뚱한 시도

였지만 그렇게 선을 긋다 보니 한쪽에 제법 사람의 얼굴 같은 게 보였다. 자세히 보니 누운 사람이었다. 양팔을 위로 올리고 게으른 모습으로 누워 있었다. 살짝 수염을 그리고 나니 영락없이 술에 취한 아저씨였다. 딱 새참으로 막걸리 한잔 하고 누워 있는, 어느 시골에나 있을 법한 아저씨였다. 내가 왜 이런 그림을 그린 걸까? 깜짝 놀랐다. 그림은 아무에게도 보여 주지 않고 꼭꼭 숨겨 놓았다. 그리고 금세 잊어버렸다.

시골은 그런 아저씨가 제법 많다. 도시와 달리 시골은 계절에 따라 시간이 유연하다. 해가 뜨는 시간과 날씨 그리고 온도에 따라 일정이 정해진다. 도시의 샐러리맨과는 전혀 다른 모습이다. 계절에 상관없이 바쁘게 돌아가는 도시에 살면 어떤 느낌일까? 나는 도시를 동경했다. 그래서인지 한가하게 막걸리 한잔 걸친 아저씨들이 좀 게을러 보였다. 사실 누구보다 부지런하게 살았을 그들에게 이제 와 미안한 마음이 든다.

그 그림을 다 그리고 나서 작은 변화가 생겼다. 선생님의 지시를 받지 않고 나 스스로 내 마음대로 그린 그림이 그럴싸하게 나왔기 때문일 수도 있을 테지. 사실은 그날 이후 내게 작은 틈이 하나 생겼기 때문이다. 가능성 혹은 여지라고 해야 할까? 정확히 설명할 수는 없어도 그 틈을 통해 정체를 알 수 없는 묘한 쾌감을 맛봤다. 내 마음에 어떤 빛이 스며드는 것 같았다. 그런 기분은 처음이었다. 그 작은 틈이 내게 새로운 세상을 열어 준 것이다. 그렇게 나는 소년이 되었다.

비에 젖은 운동화

비에 젖은 운동화를 신어 본 사람은 안다. 빗물이 얼마나 깊이 스미는지. 추억은 비와 같아서 세포 하나하나에 깊이 스민다.

죽다 살아난 사람이 있다지만 그도 결국 한 번이다

인생을 두 번 산 사람이 있을까? 죽다 살아난 사람이 있다지만 그도 결국 한 번이다. 왜 꼭 한 번일까? 의문이 들 때가 있지만 그건 어쩔 수 없이 받아들여야 하는 것이다. 선택권 없는 운명이다. 나는 선택하는 데 겁이 많다. 좋게 보면 신중하다고 할 수 있겠지. 겁이 많은 이유는 한 번뿐인 선택을 결코 실패하고 싶지 않기 때문이다. 누군가는 욕심이라고 할지 모르겠다. 하지만 이 또한 좋게 보면 애착이라고 할 수 있겠지.

학교 다닐 땐 온갖 시험을 준비했고, 뮤지션이 되어서는 공연과 여러 프로젝트를 준비했다. 정해진 것을 위해 이것저것 준비할 시간이 있었다. 하지만 인생에서 정말 중요한 순간은 준비할 여유를 주지 않는다. 만남, 이별, 기회 그리고 다시없을 우연한 무언가. 그래, 나는 그런 일에 집착하는 것이다. 아니, 애착하고 있다. 그래서 순간의 선택에 신중한 거겠지.

우리가 영화를 좋아하는 이유는 필연적으로 정해진 서사가 있기 때문이다. 반전 영화도 어차피 관객만 모를 뿐 서사는 정해져 있다. 이는 관객이 영화를 좀 더 입체적으로 볼 수 있게 만든다. 그것도 아주 객관적으로. 관객은 감정이입을 할 수 있지만 엄밀한 타인이기에 객관적으로 영화를 보는 것이다. 하지만 자기 삶에 대해서는 아무리 똑똑한 사람도 온전히 객관적으로 자신을 바라보지 못한다. 똑똑할수록 자기 합리화도 잘하기에 더욱 어려운 것 같기도 하다.

그렇다면 인생에서 반드시 선택해야 하는, 아주 중요한 그 순간이 갑자기 찾아오면 어떻게 해야 할까? 지금처럼 신중할 필요는 있겠지. 하지만 아무리 신중해도 모든 선택지를 나란히 두고 비교할 방법은 없다. 어느 쪽이 좋을지 확인할 길도 없다는 말이다. 그러니 일단 자신을 믿는 수밖에 없다. 어차피 한 번 사는 인생 아닌가!

표정의 기본 설정

사람마다 표정의 기본 설정이 조금씩 다른 것 같다. 휴대폰의 화면 밝기를 조절하듯 그때그때 표정의 밝기를 조정하지만 배경 화면은 변하지 않는 것처럼. 30분 정도 마주 앉아 대화하다 보면 상대방이 나를 대하는 기본 설정을 알 수 있다. 난 웬만해서는 웃는 설정인 것 같다. 상대방이 내게 기대하고 익숙해하는 표정 같기도 하고, 사실 그게 편하기도 하고.

표정이라는 건 참 미묘한 의사 표현이다. 입으로는 '좋아'라고 해도 표정으로는 '싫어'를 말하고, 재밌다고 말하며 입은 웃지만 눈은 웃지 않을 때가 있다. 이 미묘한 교차 방식의 의사 표현이 상대방에게 오해를 일으킬 때가 있다. 특히 눈치 없는 사람에게 이 교차 방식을 이해할 거라고 기대하기는 힘들다. 반면 눈치 빠른 사람은 상대방의 의도를 단번에 알아채고 대비하며, 그 말에도 미묘함이 묻어 있다. 미묘함의 묘미다. 그래도 가장 좋은 건 솔직함이겠지. 말과 표정이 일치하면 오해가 생길 여지도 없으니까. 교차 방식의 의사 표현을 해석해야 하는 성가신 일이 줄어드니까!

표정 하니 떠오르는 친구가 있다. 10년 정도 알고 지낸 또래인데, 말이 잘 통하고 함께 일한 적도 있다. 사진 일을 하는 그녀를 만나면 보통 두 시간은 이야기한다. 그녀는 쑥스러움을 가득 담은, 약간은 주저하는 듯한 입 모양을 하지만 단어 선택은 단호하다. 입술 표정은 섬세하지만 말하면서 바라보는 눈빛은 단순하고 명확해서 더 그런 느낌을 주는 것 같다.

어느 오후 연남동의 작은 카페에서 이런저런 수다를 떨다가 내 연애 고민까지 나누게 되었다. 연애하는 동안 이런저런 일을 겪으면서 나란 인간에게 싫증이 나는 차였다. 넋두리하듯 그간의 사건을 털어놓으면서 연애는 정말 모르겠고, 곧 헤어질 것 같다고 진지하게 말했다. 그녀는 "어떡하니……."라며 그 작은 입술로 큰 미소를 지었다. 순간 당황하고 말았다. 어떤 점이 재밌는 걸까? 어떤 부분이 웃긴 거지? 뭐가 좋은 걸까? 그중 어느 감정을 뜻하는 건지 감을 잡을 수 없었다. 어쩌면 그 세 가지 감정 모두 아니었을까? 아니면 다른 무엇이 있었을지도 모르고. 나는 "연애가 뭐 다 그렇지." 얼버무리며 서둘러 이야기를 끝냈다. 지금이라면 그다지 놀라지 않고 화제를 돌렸겠지만 그때는 그저 당황할 뿐이었다.

그때 그녀의 모습은 영화의 한 장면처럼 꽤 강렬하게 남아 있다. 지금도 그 의미가 궁금하지만 결코 묻지 않을 것이다. 시간이 많이 흐르기도 했고, 괜히 물었다가 어떤 이유에서든 어색해지는 게 싫다. 지금 그녀는 나도 아는 남자와 결혼했다. 그 둘의 첫 만남 자리에 어쩌다 나도 있었고, 둘은 제법 잘 어울렸다.

그러고 보니 그녀와 가장 최근에 만난 곳도 연남동이다. 그녀와 그녀의 남편 그리고 나. 셋이서 식사를 한 뒤 커피를 마셨다. 그녀는 명리학을 공부하고 있었다. 그래서 태어난 때를 굉장히 중요하게 여겼다. 내 운세를 봐주겠다며 몇 가지를 물었다. 생일이야 알지만 태어난 시간은 줄곧 잊는다. 기억이 나면 알려 주겠다고 한 뒤 둘의 이야기를 더 들었다.

두 사람은 정말 바쁘게 사는 것 같았다. 일도 열심히 하고, 취미도 많고, 서핑까지 했다. 얼마 전에는 한 달 동안 유럽 여행도 다녀왔단다. 그 와중에 명리학까지 공부한다니. 그렇게 둘의 얘기를 듣다 문득 언젠가 어머니가 내가 태어난 시간이 오후 4시경이라고 말해 준 기억이 났다. 그녀에게 말해 주자 흡족한 미소를 짓더니 사주 앱을 켜서 내 정보를 입력했다. 잠시 후 앱의 결과를 유심히 살펴보고는 나는 목(木), 나무의 기운이라고 했다. 나도 동의한다. 물을 좋아하고 바람도 좋아한다. 햇살도 좋아한다. 자연이면 뭐든 좋아한다. 그녀는 화(火)는 나무를 태우기 때문이라면서 불의 기운이 있는 사람은 피하라고 했다. 흥미로웠다. 들으면 들을수록 더 알고 싶었다. 그녀의 설명이 쉬운 것도 한몫했을 것이다. 자연 현상에 내 성향을 대입하니 이해도 쉽고 왠지 딱딱 맞는 것 같았다.

그녀는 마지막으로 흥미로운 이야기를 들려주었다. 내가 중년이 되면 목(木)의 기운에서 화(火)의 기운으로 바뀔 건데, 그로 인해 성공할 거라는 얘기였다. 불은 여기저기

옮겨 붙는 성질이 있어서 음악이든 사업이든 뭐든 더 커질 거라고 했다. 성공이라니 기분은 좋지만, 나무가 불이 된다니! 어쩐지 이상한 기분이 들었다. 그럼 나는 나를 땔감으로 쓰는 걸까? 갑자기 몸이 뜨거워졌다.

그 운세가 맞을지 궁금하다. 나무든 불이든 뭐 살아 보면 알겠지. 그런데 중년은 정확히 몇 살을 뜻하는 걸까? 궁금하다. 그래도 묻지 않을 것이다. 나중에 연남동 어느 카페에서 그녀를 다시 만나도 묻지 않을 것이다.

여름 노래

내가 믿는 유일한 마법이 있다면 바로 여름이다. 여름에는 알 수 없는 신비가 존재한다. 정확한 이유는 알 수 없지만, 끝없이 팽창하려는 무엇과 관련 있지 않을까? 어쩌면 우주의 탄생 역시 여름의 그 알 수 없는 에너지와 닮았을지도 모른다.

여름에는 사방에서 터질 듯한 초록의 함성이 들린다. 나는 더 크게 자라겠다고 온갖 식물이 외친다. 심지어 밤에도 외친다. 그 초록의 함성은 장소도 가리지 않는다. 높은 담벼락을 초록으로 덮고 껑충 뛰어넘어 정원이나 화단은 물론 모든 곳에 넘쳐흐른다. 심지어 손톱 반달보다 좁은 보도블록 사이에서도 기어이 자라난다. 개울에서도 자란다. 물을 따라 흐르며, 물처럼 넘치며 자란다. 걸음을 멈추고 한동안 그 자리에 서 있으면 그들은 내 몸을 타고 자랄 것이다.

또한 여름 공기는 수분을 잔뜩 품고 있다. 그곳에도 에너지가 가득하다. 언제라도 함께 모여 하늘에서 뚝뚝 떨어질 날을 기다리며 종종 빛을 뿜고 으르렁거린다. 여름 공기는 시원한 바람과 친구여서 매우 역동적이다. 바람을 따라 움직이는 구름을 보면 그들은 혁명을 노리는 게 분명하다. 에너지를 잔뜩 품은 거대한 구름이 몰려올 때면 이 순간이 변하리라 직감한다. 그 초록빛 가득한 공간에서 수분을 잔뜩 품은 공기가 코와 입을 타고 내 폐에 촉촉이 스밀 때, 여름의 마법에 걸리는 것이다.

그 마법의 향기를 알고 있다. 마른 땅에 툭툭 소나기가 내리기 시작할 때 피어나는 여름 냄새다. 그 순간은 아주 짧아서 주의 깊게 숨을 들이켜고 재빨리 향을 맡아야 한다. 어느 뜨거운 여름 오후 강렬한 햇볕이 온 대지를 달구고 무엇이든 녹일 기세로 거세게 내리쬔다. 발을 깊게 묻고 꼿꼿하게 서 있으려는 전봇대의 의지마저 녹여 버릴 듯한 강한 에너지를 품고 있다. 텃밭의 흙이 바싹 말라 가고 땅속 지렁이의 가여운 한숨이 들리는 듯하다. 그때다. 어디선가 바람이 한두 차례 불어온다. 그늘에서 더 잘 느껴질 듯한 촉촉한 바람이다. 그 바람이 사막을 걷는 나를 깨워 하늘을 보게 만든다. 가까이 다가온 잿빛 구름을 본다. 언제 다가왔는지 알 수 없지만 빗방울 하나가 마른 땅에 툭 떨어지고, 이제 혁명이 시작된다. 소나기다! 빗방울은 대지의 모든 것을 하나하나 깨우기 시작한다. 마른 풀잎을 건드리며 초록빛을 깨운다. 그 순간을 놓치면 안 된다. 무엇인가 변하고 있다는 걸 알아챌 바로 그 순간, 여름 냄새가 땅 아래에서 피어나기 시작한다. 소나기는 순식간에 지금 이 순간을 모조리 바꿔 놓는다.

누군가 내가 만든 음악을 소년의 감성이라고 했던가. 하지만 그는 모른다. 소년의 감성이 아니라 여름이 준 선물이라는 사실을.

잠 못 드는 여름밤

초판 1쇄 발행 | 2022년 8월 30일

지은이 | 몬구

펴낸이 | 이정헌, 손형석
편집 | 이정헌
교정 | 노경수
디자인 | 이정헌
인쇄 | 공간코퍼레이션

펴낸곳 | 도서출판 잔
출판등록 | 2017년 3월 22일 · 제409-251002017000113호
주소 | 경기도 김포시 김포한강3로 432 502호
팩스 | 070-7611-2413
전자우편 | zhanpublishing@gmail.com
웹사이트 | www.zhanpublishing.com

ISBN 979-11-90234-89-4 03810